SV

Band 1217 der Bibliothek Suhrkamp

Alvaro Cunqueiro

Die Chroniken des Kantors

Roman

Aus dem Spanischen
von Elke Wehr

Suhrkamp Verlag

Die Originalausgabe erschien 1966 unter
dem Titel *Las crónicas del Sochantre.*

Die Übersetzung wurde gefördert aus den Mitteln
der Dirección General del Libro y Bibliotecas
des spanischen Kulturministeriums.

Erste Auflage 1996

Satz: MZ-Verlagsdruckerei GmbH, Memmingen
Druck: Nomos Verlagsgesellschaft, Baden-Baden
Printed in Germany

Die Chroniken des Kantors

Für Francisco F. del Riego

Die Bretagne ist ein sehr felsiges Land an der Meeresküste, aber sie öffnet sich zu weiten Ebenen, engen Tälern und lieblichen Anhöhen dort, wo sie sich mit Frankreich vereinigt. Sie ist reich an Wegen, denn außer den normalen Leuten der oberen Welt gibt es leichtfertige und wachsame Reisende, Leute aus den unterirdischen Gefilden, zur Nacht Verblichene, Gespenster, berittene Horden, umherirrende Seelen; die meisten von ihnen tote Leut, denen irgendein päpstlicher Bannbrief die Ruhe verwehrt. Die Winde und die Nächte auf den unzählbaren Wegen zehren an ihnen, bis nur ein kalter Hauch von ihnen bleibt. Das letzte Bild, das man von der Bretagne bewahrt, ist das einer alten Frau, welche in der Abenddämmerung die eisernen Öllampen eines steinernen Kalvarienberges vor einem ummauerten Städtchen entzündet. Es nieselt ein wenig. Ein pfeifender Wind fegt vorbei und löscht die schwachen Lichtlein aus. Die Alte bekreuzigt sich und betet ein Vaterunser für die Seele des verstorbenen Vizegrafen von Klöemel, der gerade auf einem Pferd vorbeigekommen ist. Die Lebenden in der Bretagne wissen, ob die Lüfte, die wehen, Totenlüfte sind oder nicht, und sie ziehen den Hut vor einer Maibrise, weil sie ahnen, daß es sich um die schöne Anne von Combourg handelt, die lächelnd zwischen den grünen Zweigen der Birken einherschreitet. Es gibt junge Burschen, die sich in ein Lüftchen verlieben. In den ummauerten Städtchen, in den alten Gehöften und zinnenbewehrten Schlössern, in Rennes oder in Dinan, in Combourg oder in Caradeuc unterhalten sich die lauten Kelten am Feuer, das vor zweitausend Jahren entzündet wurde, über den Krieg auf dem Meer, die Schlachten von Hannover, die Familienzwiste und die Liebenden anderer

Zeiten. Und die Flammen verschlingen die männliche Eiche, die Zeuge ist, aber sie vermögen nichts gegen diese flüchtigen Erinnerungen, die aus Fäden gesponnen sind, von denen niemand weiß, welchem Knäuel sie entstammen noch wer sie verwebt. Über die Wege der Bretagne zieht der makabre Tanz und treibt die Winde vor sich her, und die winzigste Blume, die im April am Wegrand erblüht, weiß nicht, ob sie im Haar eines Mädchens landen oder vom Fuß eines Skeletts zertreten wird, das an der Spitze der Horde hüpft und den Schritt anführt, der »l'embrasse« heißt, jener Augenblick der Liebe inmitten der »Gaillarde«.

Erster Teil

Die Horde holt den Kantor

Charles Anne Guenolé Mathieu de Crozon, eher bekannt als der Kantor von Pontivy, kam am Tag des heiligen Kosmus zur Welt, im Jahre siebzehnhundertzweiundsiebzig, in der Stadt Josselin, am lieblichen Gestade der Oust in der französischen Bretagne. Sein Vater war einer jener natürlicheren de Crozons vom Stammsitz Paimpont, die – aufgrund eines verbrieften Privilegs – das Recht besaßen, mit einem grünen Tuch durch die Straßen von Rennes zu laufen und zu rufen, der König kommt, wenn der Allerchristlichste schrieb, er werde die Bretagne besuchen, auch wenn er es dann nicht tat. Sein linkes Auge war aus Glas, und das hatte ihm in Chartres ein Deutscher geschliffen: es war ein prächtiges blaues, goldgefasertes Stück. Seine Mutter stammte aus Angers, aus einer Familie von Justizbeamten; sie war eine sehr schöne Frau, klein von Gestalt, mit schwacher Gesundheit; um sie von einer schwebenden Blähung zu heilen, die ihr von einer Fehlgeburt zurückgeblieben war, hatte der Arzt ihr Branntwein mit Chinarinde verschrieben, und da sie Geschmack an der Medizin fand, verfiel sie dem Trunk; sie starb nach kurzer Zeit, als Charles Anne, ihre einzige wohlgeratene Frucht, elf Jahre alt war. Der Vater gab die Verwaltung des Hauses in die Hände einer Magd, die ihrerzeit viel von sich reden machte in der Bretagne und auf der Halbinsel Cotentin, weil sie sich mit sechzehn Jahren, als Mann gekleidet, zur Königlichen Artillerie gemeldet hatte, wo sie behauptete, sie heiße Louis-Joseph und sei der hochgeschätzte Neffe eines Schneiders aus Quimper. Es hieß, sie habe in der Zeit, in der sie unter der Fahne diente, soviel Eifer daran gesetzt, als Mann zu gelten, daß ihr sogar ein Bart gesprossen sei. Als sie entdeckt wurde, versetzte man sie in die Küchen des Marquis von Laval, wo sie sich große Verdienste erwarb, weil sie die Rouladen in zwei Stücken anrichtete, wie eine Kanone mit ihren Rädern. Aber die Granden dieser Welt werden rasch der Novitäten überdrüssig, und die Artilleristin mußte unter Punkteverlust von Küche zu Küche wandern, bis sie in der von Monsieur de Crozon, dem Einäugigen, landete, wobei sie ihren häufigen Umzügen zum Trotz nicht das halbe Dutzend Kanonenkugeln mit eingebranntem Siegel verlor, dessen größere sie dazu benutzte, die Türen zu sichern, eine kleine, von einer »bombarde de gilet«, dazu, den Tintenfisch und das Fleisch zu klopfen, und eine mittlere, um auf einer Wiese hinter dem Haus Boule zu spielen, indem sie sie hierhin und dorthin rollen ließ. Crozon der Einäugige ging immer auf die Jagd mit seinen älteren Verwandten, und Haus und Kind wurden der Artilleristin anvertraut, die beschloß, aus Charles Anne einen Musiker zu machen; sie empfand Mitleid mit dem Kleinen, der die zarte Konstitution der Mutter geerbt hatte, abgesehen von der Stimme, die mit neun Jahren bereits feierlich und kirchlich war. Die Artilleristin kaufte ihm eine Paradetrompete, auf deren Schalltrichter das Wappenzeichen der Lothringischen Infanterie eingraviert war. In Josselin lebte ein italienischer Violaspieler und Tanzlehrer, der sogleich gewahrte, daß Charles Anne nicht den nötigen Atem für ein so militärisches und hartes Metall besaß und besser mit einem Dreiviertelbombardin zurechtkäme, das er aus Novara mitgebracht hatte, ein sehr passendes Instrument für Leute aus dem Adel; sogar bei einem Fräulein wäre es nicht schlecht angesehen. So lernte Charles Anne also Bombardin und Tanz und ein paar Anfangsgründe in Latein, und da seine Stimme kraft der Speisen der Artilleristin – fast immer Kichererbsen, Schminkbohnen und Sau-

bohnen mit Speck, Hülsenfrüchte, welche die Kanonenköchin als Schrot bezeichnete – weiter an Umfang gewonnen hatte und eines Tages der Posten eines Kantors mit niederen Weihen in Pontivy vakant wurde, meldeten seine Großcousins, die Herren Admiräle von Tréboul, ihn als Kandidaten an. Die Artilleristin brach in Tränen aus, als sie es erfuhr, hatte sie doch, wie sie sagte, ihren Zögling für einen berittenen Posten im Regiment Navarra erzogen und immer blau und gelb gekleidet, welches die Farben des Béarn waren; und so nahm die Magd die Trompete und die Kugeln und verließ mitsamt ihrem Verdruß die Bretagne; es wird erzählt, sie habe sich auf ihrer Reise nach Italien für einen Bewohner des Kantons Lausanne ausgegeben und sich schriftlich sieben Jahre als Schweizersoldat des Papstes verpflichtet. Monsieur de Crozon der Einäugige verheiratete sich mit einer tauben Kellnerin aus Rennes, die Schafe auf den Weiden von Rance besaß, und Charles Anne, der zu jener Zeit das zweiundzwanzigste Lebensjahr vollendete, zog nach Pontivy als Kantor und Pfründner der Heiligen Stiftskapelle. Er lebte in der Straße der Glasbläser im Haus von Madame Clémentine Marot, der Witwe eines Trommlers der Generalstände. Im Besucherzimmer hing die Trommel des Verstorbenen an der Wand, und ein englischer Maler, der sich zufällig auf der Durchreise befand, als Monsieur Marot starb, hatte den Verblichenen sehr anständig auf das Trommelfell gemalt, und der Schnauzbart, den der Trommler auf dem Porträt trug, war sein eigener, den die Witwe vor dem Schließen des Sarges mit großer Sorgfalt abgeschnitten und Haar für Haar mit Gummiarabikum auf das Trommelfell geklebt hatte.
Es war im Haus von Madame Clémentine, wo sich die in Kaninchenleder eingebundenen Notizbüchlein fanden, die

mir jetzt dazu dienen, diese Chroniken zu schreiben, indem ich das meiste von dem übernehme, was in ihnen notiert ist; in diesen Chroniken werden Punkt für Punkt die Abenteuer berichtet, die Charles Anne zwischen dem Jahr siebzehnhundertdreiundneunzig und dem Jahr siebzehnhundertsiebenundneunzig erlebte. Die Sache begann damit, daß Charles Anne an einem nebligen und frostigen Morgen mit seinem Bombardin ausging, um beim Begräbnis eines Bewohners von Quelven zu spielen, der ihm ein Vermächtnis in seinem Testament hinterlassen hatte. Das Vermächtnis bestand in einer kleinen Apfelbaumpflanzung auf einer Anhöhe; immer hatte der Kantor sich sehnlich gewünscht, einen Obstgarten am Flußufer zu besitzen.

I

Starr vor Kälte fühlte sich der Herr Kantor von Pontivy, als er so früh aufstehen mußte, und mehr noch bei einem solchen Wetter, das mit Nordostwinden vom Ärmelkanal, kalten atlantischen Regenfällen und stillen, eisigen Nebeln aus dem Blavet daherkam, die verhinderten, daß die Sonne die Welt beschien. Ohne das reich mit Decken bestückte Bett zu verlassen, zog er sich die wollenen Strümpfe aus Vitré an, die mit Hilfe von sizilianischem Holz schön dunkelviolett eingefärbt waren; dann band er sich das mit Stärke aufgebügelte Beffchen um den Hals, warf die Nachtmütze von sich, setzte sich die Kalotte auf, klärte seine Nase mit dem morgendlichen Schnupftabak, sprang mit großem Getöse aus dem Bett, stampfte mit den Füßen auf den Boden, stieß laut Lateinisches aus, nieste und rief nach Madame Clémentine, während er sich die Bänder der oberen Beinkleider festzog und die Weste mit den roten Knöpfen zuknöpfte, und für den Fall, daß Madame Clémentine ihn nicht gehört haben sollte, schwenkte er die Tischglocke wie ein Ministrant bei der Ostermesse. Und herein trat Madame Clémentine mit ihren buchshölzernen Lockenwicklern im Haar, klatschte wie im Theater, da der Herr Kantor an jenem rauhen Morgen früh und so tapfer aufgestanden war, und kniete nieder, um am Schienbein die sechs silbernen Knöpfchen des unteren Beinkleids des Kantors zuzuknöpfen, und während sie dies tat, wickelte der Kantor die buchshölzernen Lockenwickler auf dem Kopf von Madame Clémentine fester, denn stets kamen sie ihm etwas locker vor. Jeden Morgen wiederholte sich dieses Fest. Der Herr Kantor zelebrierte eine Frühmette mit Rühreiern und einem halben Fläschchen Chinon, rülpste auf den Rat des Arztes hin, krähte ein wenig, um zu sehen, wie es um sein Solfeggio bestellt war, zog sich den Rock an, wickelte sich in den Priestermantel und lief, mit dem Bombardinkasten in der Hand, um rechtzeitig zum Chor der Pfründner von Saint-Maclou zu gelangen. Bei den Nebelfetzen, die der Wind durch die engen Gassen der alten Stadt trieb, konnte einer glauben, ihm kämen Reisende in Pelerinen aus Asche entgegen. Da der Kantor in der Straße der Glasbläser, am Fuß des Schlosses, wohnte, kam er sehr rasch zur Kirche. Im Chor hatte er einen Notsitz unter dem großen hölzernen Wappen der westindischen Lande, rote Scheiben auf schwarzem Grund, der Admiräle von Tréboul. Da ihm und seinen Vorgängern auf der Pfründe beim Nachmittagsschläfchen im Chor während der Vesper immer der Kopf ein wenig nach hinten sank und sie keine Tonsur trugen, hatten sie mit ihrem Haarschopf das Wort »orae« aus dem militärischen Wahlspruch der alten Piraten gelöscht:

»Effodi oculos orae maritime«. Er nahm das Bombardin und stimmte den Ehrenmarsch an, der die Ankunft des obersten Stiftsherrn begrüßte. Seine Hochwohlgeboren war ein kleiner, sehr förmlicher, hüstelnder Alter, der dem Takt der Musik wie bei einem Tanz folgte, und ihm voraus ging der Domküster mit silbernem Stab und hinter ihm ein Chorknabe mit einem gelben Samtkissen, falls der Stiftsherr niederkniete. Während er das Bombardin spielte und dabei das Kissen betrachtete, kam dem Herrn Kantor mehr als einmal in den Sinn, wie ähnlich dieses dem hervorragenden Busen von Madame Clémentine war, besonders da diese eine große Vorliebe für gelbe Frisiermäntel mit Troddeln besaß; und daran knüpfte er die Vorstellung, daß er so, wie der Stiftsherr die Knie auf das Kissen stützte, die seinen auf den Butterkugeln Madame Clémentines ruhen lassen konnte, wenn sie sich niederbückte, um ihm die silbernen Knöpfchen an den Schienbeinen zuzuknöpfen. Solcherlei Phantasien und andere mehr, von denen noch die Rede sein wird, trugen die Schuld an der Faulheit unseres Kantors, um so mehr, da er sie nicht in Wirklichkeit zu verwandeln wagte. Man rief ihn zu fast allen wichtigen Begräbnissen in der Bretagne, um Respons zu singen und Bombardin zu spielen. Er dachte daran, in kurzer Zeit ein kleines Kapital zusammenzubringen, und es gefiel ihm, zur Mitternacht in seiner Stube sorgsam die Goldmünzen zu zählen. Er erwachte zum Beispiel an einem Morgen mit Schnee und gab sich der Vorstellung hin, der Sommer wäre gekommen und er ginge zum Forellenfischen an die Ufer des Blavet mit ihren Kirschbäumen; oder vielleicht würde er, stürbe jemand in Savenay, nach Nantes weiterreisen, um eine Cousine zu begrüßen, die er dort hatte, oder seinen Weg fortsetzen, um einem befreundeten Flötisten in Angers einen Gefallen zu tun, der wünschte, er möge ein Konzert im Palast eines Marquis geben. Und jede dieser Reisen machte er Schritt für Schritt, solange er noch im Halbschlaf lag, und manche Male verlor er den Faden, und andere Male verhedderte er sich, und dann verbrachte er zwei oder drei Tage damit, das Unglück oder Unheil aufzulösen, das nur in seiner Einbildung stattgefunden hatte. Und wenn er konnte, dann versuchte er, seine Faulenzerphantasie noch mit obskuren Neuheiten und geheimen Übereinstimmungen zu beleben: das Dunkelviolett seiner mit sizilianischem Holz gefärbten Strümpfe gefiel ihm sowohl der Feinheit der Farbe als auch des Veilchenduftes der neuen Strümpfe wegen, und so kam er darauf, die Veilchen Sizilias zu nennen und Violette ein Fräulein Cécile, das ein Handschuhgeschäft in der Straße der Arkaden besaß. Diese und viele andere Reisen, Glückszufälle, Geschäfte, Predigten, Amouren, Siege und Niederlagen bastelte der Kantor de Crozon in den Kissen zusammen, während er bis zur letzten Minute wartete, um aus dem Bett zu springen und zum Chor zu eilen. Und bei diesen Phantasien überraschte ihn die Französische Revolution, und da er sich viel mit dem Adel hatte sehen lassen, da er einen Armeleute-Brunnen im alten Stadtviertel gekauft hatte und für jede Bütte eine Kupfermünze verlangte, da er vor den Landvogt von Vannes einen Schuster gebracht hatte, von dem er behauptete, er habe ihm ein paar Silberschnallen gestohlen, und da er nicht zuließ, daß man die Partikel vor seinem Namen wegließ, hieß es allenthalben, der Kantor sei ein »aristo« von der härtesten Sorte, ein von den Fürsten bestallter Kundschafter, und er habe beim Begräbnis des Rittmeisters von Rochefort-en-Terre nicht den üblichen Marsch gespielt, sondern einen anderen voller Signale für die Herren Royalisten, die im Schatten ihre Säbel wetzten. Aufgrund all dieser

Verdächtigungen wurde de Crozon trübselig und dachte daran, Pontivy zu verlassen und nach Nantes zu gehen, wo er bei Tagesanbruch bei seiner Cousine eintreffen und sich für einen holländischen Musiker ausgeben würde, der sein Gepäck verloren hatte. Sofern der Schuster mit den Schnallen, der sich in Saint-Brieuc eine phrygische Mütze gekauft hatte, nicht bei ihm hereinschneite und ihm in seiner eigenen Stube mit dem Schusterkneif den Kopf abschnitte. Schon sah der Kantor seinen Kopf auf einer Pike in den Straßen von Pontivy, und wie käme der Schuster überhaupt mit dem aufgespießten Kopf die Treppe hinunter? Wenn er die Pike geschultert trug, dann würde der Kopf bestimmt an die niedrige Decke stoßen, denn das Haus war alt; vermutlich würde er ihn wie ein Paket hinuntertragen und vielleicht aufpassen, daß ihm die Kalotte nicht herunterfiele; drei oder vier Tage lang versuchte der Kantor in seiner Phantasie, dem Schuster zu helfen, mit seinem Kopf aus dem Haus zu kommen. Aber vielleicht käme es ja gar nicht so weit. Wenn das Begräbnis in Quelven zu Ende wäre, würde er auf die Anhöhe steigen, um seine Apfelbäume kennenzulernen und sie zu zählen; und am Tag der Himmelfahrt Unseres Herrn würde er ein Kräuteromelett und ein Fläschchen Rotwein mitnehmen und unter den blühenden Zweigen seines famosen Obstgartens zu Mittag essen. Während er an dieses Fest dachte, das er sich selbst im kommenden Monat Mai ausrichtete, wobei er vergaß, daß erst Januar war, verdrückte er im Fluge das Frühstück; dann, komplimentiert von Madame Clémentine, die ihm riet, die Ohren schön bedeckt zu halten, den Bombardinkasten in der Hand, trat der Herr Kantor auf die Straße hinaus.

Der Nebel war dicht und niedrig und versperrte die Straße. Die Arkaden der Grammatikschule, die genau gegenüberlag, waren nicht zu sehen, und die Straßenlaterne an der Ecke war weiter nichts als ein gelbes Würmchen, verloren in diesem weichen Dickicht. Man sandte dem Kantor immer einen Mietgaul, und sein Lieblingstier war ein schweres Zugpferd, das auf den Namen »Lison« hörte, denn der Kantor war auf die fixe Idee gekommen, dieser Wallach finde Gefallen am Klang des Bombardins. Aber an jenem Morgen stand das gepachtete Pferd nicht vor der Tür, ebensowenig wie Cuvet, der Postwärter, um ihm den Steigbügel zu halten, ihn über die umlaufenden Neuigkeiten zu unterrichten und ihm von den Reisenden zu erzählen, die am Vorabend in der Kutsche aus Auray gekommen waren, all diese Dienste im Austausch für eine mehr als mittelgroße Schnupftabakprise. Hingegen stand dort ein kleiner Mann mit einer Mütze aus Otternfell, wie ein Jäger aus dem Tiefland der Vilaine, eingehüllt in einen kurzen Umhang, in der linken Hand eine Öllampe und in der rechten Hand eine sich ringelnde Peitsche mit sieben Knoten.

»Schönen guten Tag, Herr Kantor!« sagte er mit fröhlicher und freundlicher Stimme, während er die Lampe zum Gesicht des Herrn de Crozon emporhob. »Ich heiße Mamers der Hinkefuß«, fügte er hinzu, »und meine Herren Gebieter erwarten Euer Hochwohlgeboren in ihrer Kutsche, auf dem Platz der Waage, um Euch nach Quelven zum Begräbnis zu bringen. Es sind vornehme Leute aus Bayeux und anderen Orten, Verwandte des verstorbenen Edelmannes.«

Und ohne die Antwort des Kantors abzuwarten, begann das Männchen die Straße hinunterzugehen, zum Platz der Waage, rascher, als man von einem so vollendeten Hinkefuß erwartet hätte: im Nebel nahm er sich aus wie ein Boot, das von den Wellen vorwärtsgetragen wurde, mit seinem Sicherheitslicht am Heck. Die Straße wurde dem Kantor sehr lang, während er dem schwachen Licht des Lämpchens folgte, das Pflaster kam ihm unbekannt vor, und er wußte nicht, wo er sich befand. Vielleicht waren sie schon bei den Nonnen von Saint-Propos abgebogen und kürzten jetzt durch die Schlangengasse ab. Nie hatte er sich in diese Gasse hineingewagt, in der die Madame aus Rouen ihr Hurenhaus betrieb. Ihm war, als hörte er ein wenig Musik, eine Laute, die eine zarte Serenade tremolierte, aber das konnte nicht bei der Madame sein, denn er trat bereits auf die großen Steinplatten des Platzes. Nie hatte man in Pontivy einen solchen Nebel erlebt. Der Hinkefuß mit der Lampe blieb stehen, und durch die Nebelschwaden kam ein anderes Licht näher, es war ein Lampion, und ihn trug ein sehr großer und sehr magerer Mann mit dichtem Bart, einem roten, bis zum Hals zugeknöpften Militärrock und einem Dreispitz mit Federn, und beim Gehen klirrte er gewaltig mit den Sporen.

»Herr Kantor! Es wurde Zeit! Ich heiße Coulaincourt de Bayeux und bin Verwandter des Verstorbenen, was keine große Neuigkeit ist, denn wir alle sind Verwandte aller Toten!«

Er besaß eine hohle, rauhe Stimme, und düster blickten seine schwarzen Augen, die sich tief im Schädel verloren. Im Schädel? Bei diesem Nebel, dachte der Kantor, kann man sich auf nichts verlassen.

Sie hatten die Kutsche erreicht, und Mamers der Hinkefuß, der die Lampe auf den Boden gestellt hatte, hielt den Kutschentritt.

»Steigen Sie ein, Herr Kantor, man hat Ihnen einen Ehrenplatz reserviert, hinten, neben mir!« sagte aus dem Innern der Kutsche eine Frauenstimme, und sie klang de Crozon anmutig und frisch in den Ohren.

Der Kantor stieg in die Kutsche, drinnen sah man noch we-

niger als draußen. Zu seiner Rechten ließ sich der Große mit dem Militärrock nieder, und daher mußte sich zu seiner Linken die Dame mit den einladenden Worten befinden. Auch auf dem Vordersitz saßen Leute, vielleicht vier Personen.
»Vorwärts, Mamers!« befahl eine Stimme.
»Hüh, Blanc! Hüh, Colin! Auf, La Garde!« rief Mamers auf dem Kutschbock.
Und die Peitsche pfiff, bevor sie laut über dem Gespann knallte. Die Kutsche machte einen Ruck, und die Reise begann. Der Kantor preßte den Bombardinkasten gegen die Brust und versuchte im Dunkel der Kutsche, langsam atmend, das Parfüm der unbekannten Dame zu ergründen.

II

Um von Pontivy nach Quelven zu gelangen, mußte man den Blavet auf der Zollbrücke überqueren und dann eine kleine Steigung nehmen; von der Anhöhe herab bot sich ein sehr lieblicher Blick auf die Auen des Blavet: ein Wiesengrund in der Mitte und Rübenäcker und Haferfelder an den Rändern und die Ufer des Flusses dicht bestanden mit Kirsch- und Apfelbäumen und am Fuß jedes Hauses zwei oder drei weitverzweigte Feigenbäume; zwischen den purpurroten Ziegeln der Dächer von Pontivy ragte heldenmütig der efeubewachsene Turm des Schlosses empor; wenn man des Nachts von Quelven nach Pontivy hinunterkam, sah es aus, als hätte jemand einen großen, hundertarmigen Kerzenleuchter auf die Erde gesetzt: es war Pontivy mit den brennenden Lichtern der Häuser, mit den Walfischöllampen des Rathauses und der großen Laterne der herzoglichen Brücke. Aber an

jenem Morgen war nichts zu sehen; es mochte neun Uhr vorbei sein, und man glaubte sich in tiefer Nacht.
Monsieur de Crozon wünschte, der Tag möge aufklaren, damit er das Gesicht seiner Reisegefährten sehen konnte. Sosehr er auch durch die Nase atmete, es gelang ihm nicht, das Parfüm der Dame auszumachen. Von dem, der behauptet hatte, er heiße Coulaincourt de Bayeux, kam ein Geruch nach modriger Feuchtigkeit; vorne nahm jemand Schnupftabak und nieste siebenmal nacheinander, aber es waren eher Pfiffe als Nieser; auch der Kantor hätte jetzt gern geschnupft, aber mit dem unbequemen Bombardinkasten konnte er die Hand nicht in die Tasche stecken, um das Döschen herauszuholen, ohne der unbekannten Dame den Ellbogen ins Gesicht zu stoßen. Ein anderer der Reisenden auf dem Vordersitz mußte fürchterlich frieren, denn er klapperte die ganze Zeit mit den Zähnen.
»Wir wissen auch so, daß du da bist, Guy Parbleu! Du führst dich auf wie die Rassel von Vennes zur Fastenzeit!« sagte Coulaincourt.
Es waren die ersten Worte, die in der Kutsche gesprochen wurden, seitdem sie Pontivy verlassen hatten. Anhand der zurückgelegten Strecke und der Geschwindigkeit der Kutsche schloß de Crozon, daß sie bald das Wegkreuz des Otters erreicht haben mußten; dort rauschte immer der Wind in den Birken.
»Herr Kantor«, sagte eine Stimme auf dem Vordersitz, »sie werden sich bald verflüchtigen, die Nebel des Blavet, die mir immer soviel zu schaffen machten und der Grund waren, daß ich, obwohl ich einen Erbonkel in Pontivy hatte, nicht bei ihm in dieser Stadt gelebt habe, und dabei war ich der meistgeliebte Neffe, sowohl des Vergnügens wegen, das mein Onkel daran fand, meinen Erzählungen zuzuhören,

als auch weil nur ich die Temperatur eines Salbenpflasters kannte, das man ihm auf den Nacken legen mußte, wenn die Samstagsmigräne über ihn kam. Ich bin der Notar von Dorne, Jean Pleven, zu Diensten.«

»Der gehenkte Notar von Dorne, Jean Pleven, Gott sei ihm gnädig!« sagte aus ihrem Winkel spöttisch die Madame.

Und just in diesem Augenblick, als hätte jemand mit einem riesigen Messer den Apfel des Himmels in zwei Hälften geteilt, eine aus Asche und eine aus strahlender Sonne, ward Licht in der Kutsche und auf den Feldern. Sie fuhren schon durch die Ebene von Quelven, zwischen den jungen Roggenhalmen.

»Es ist erforderlich«, sagte Coulaincourt, während er eine lange, knochige und gelbe Hand auf den Kasten des Bombardins legte, »daß Ihr uns alle kennenlernt, und da ich in Euren Augen, Herr Kantor, ebensoviel Überraschung wie Angst erblicke, möchte ich Euch versichern, daß diese ganze Gesellschaft, mag sie auch aus Verdammten, Gespenstern, Gehenkten und Geistern bestehen, eine Schar friedlicher Leute ist. Zu Eurer Linken habt Ihr eine sehr schöne Frau, Madame Clarine de Saint-Vaast. Betrachtet sie. Schaut diese grünen Augen an. Ihr werdet sie sicher nie vergessen. Aber was sind schon grüne Augen? Und doch, zerfielen sie zu Staub, sie wären der schönste Staub der Welt, vielleicht ein paar glänzende Sandkörner an der ruhigen Stelle eines klaren Bächleins. Vorne habt Ihr den gehenkten Notar von Dorne, der am Hals noch immer die Spur des Strickes trägt. An seiner Seite Monsieur de Nancy, Henker von Lothringen, vortrefflicher Schnupfer und Schlingenknüpfer. Der immer stumm ist und ein Pflaster auf dem Auge trägt, ist der Medikus Sabat, der Brunnenvergifter von Rom. Und wer klappert da mit den Zähnen im Dunkel? werdet Ihr fragen.

Wer nimmt den Platz dort ein, der leer zu sein scheint? Auf ihm sitzt, ohne die Federung zu belasten, der Geist von Guy Parbleu. Zählt mich hinzu, Coulaincourt de Bayeux, der jüngste Tote dieser ganzen Familie, verstorben vor zwölf Jahren im Exerzierhof von Sedan, und Mamers den Hinkefuß, ebenfalls gehenkt in Le Croisic, und schon habt Ihr die Liste der Verwandten des Junkers von Quelven, zu dessen Begräbnis sie sich begeben. Und wir werden das Gespann nicht im Gasthaus von Pauly wechseln, weil gewiß niemand drei tote Pferde als Post haben will. Ach, mein La Garde, so kräftig und flink, mein Bleßchen.«
Der Kantor preßte den Bombardinkasten gegen seine Brust, als gälte es, sein banges Herz mit einem Brustharnisch zu schützen. Entweder hatte er nicht richtig gehört und, Phantast und einsamer Fabulierer, der er war, soviel Fortschritte gemacht, daß er sich jede nur erdenkliche Geschichte vorstellen konnte, oder aber er reiste in einem Zug von Totengeistern. Vom Notar von Dorne hatte er etwas gehört und daß sie ihn in Rennes gehenkt hatten. Er hatte auch von Guy Parbleu gehört, einem pikardischen Diener des Teufels, der seinen Umhang bei einem Besäufnis verloren hatte und in Paris verbrannt worden war. Auch von Madame de Saint-Vaast war ihm irgend etwas zu Ohren gekommen. Und das sollte also der Vergewaltiger Coulaincourt sein, über den die Gazetten berichteten? Und was hatten diese ruchlosen Toten in Quelven, beim Begräbnis des Junkers zu suchen? Und was wollten sie von ihm, dem armen Kantor der Stiftskirche von Pontivy, der ständig vor Kälte zitterte, der ständig Träumen nachhing, die nie in Erfüllung gingen, der auf Begräbnissen sein Bombardin spielte und im Chor sang, der heimlich seine spärlichen Louisdor zählte und dessen einzige Wollust darin bestand, jeden Morgen die Lockenwickler

von Madame Clémentine fester zu wickeln, und dessen Völlerei sich in einem Kräuteromelett und ein paar Forellenpastetchen erschöpfte? Wäre es nicht besser gewesen, es hätte sich jener Traum erfüllt, der ihn des Nachts heimsuchte – fast immer, wenn er übermäßig zu Abend gegessen hatte, zum Beispiel Pökelfleisch mit Kohl und Würsten – und in dem die Artilleristin seines väterlichen Hauses am Fuß seines Bettes erschien und ihm das Bombardin fortnahm, das zu einer Kanone wurde, die wuchs und wuchs und mit lautem Getöse detonierte, während er voll Schreck und schreiend erwachte, weil die Geschosse ihn zerfetzten? Da er fast alles unter der Sonne in seinen Träumen durchprobiert hatte, überwand er sich und lächelte, obwohl es ihn einige Anstrengung kostete.

»Es wäre besser, wir hätten uns statt zu einem Begräbnis zu einer Kirchweih versammelt!« sagte der Kantor und bemerkte an sich selbst eine gewisse Veränderung in der Stimme, die gezwungen klang durch die Angst.

Die Kutsche hielt in der Kurve, bevor sie zum Gasthaus von Pauly gelangte, und Monsieur de Nancy bot dem Kantor eine Prise Schnupftabak an. Sie niesten zur gleichen Zeit. Der Henker von Lothringen versuchte zu lächeln und konnte nicht.

»Du weißt doch, Nancy, daß dir das verwehrt ist!« sagte unter schallendem Lachen Madame de Saint-Vaast.

»Worauf warten wir?« fragte der Kantor Coulaincourt, der der Anführer dieser wilden Fahrt zu sein schien. »Die Feier muß jeden Augenblick beginnen.«

»Herr Kantor«, sagte Coulaincourt sehr ernst, »wir warten hier auf den Toten.«

In diesem Augenblick konnte der Kantor nicht noch mehr Angst empfinden, weil der Schnupftabak des Henkers von

Lothringen sehr stark und gepfeffert war und er fünf- oder sechsmal nacheinander niesen mußte. Als er mit dem Niesen fertig war und die Augen öffnen konnte, machte Mamers der Hinkefuß gerade die Kutschentür auf und klappte den Kutschentritt herunter für den Verstorbenen aus Quelven, für den toten Junker von Quelven, bei dessen Begräbnis er das Bombardin spielen würde und der ihm im Testament ein Apfelbaumgärtchen hinterlassen hatte, auf einer Anhöhe, wenn man vom Wegkreuz des Otters nach Pontivy hinuntergeht.

III

Alle Anwesenden begrüßten den Verstorbenen aus Quelven, wobei sie sich sehr freundlich ansprachen und wie Bekannte taten, die täglichen Umgang pflegen, und einander nach der Verwandschaft fragten. Der Verblichene war ein beleibter, rotgesichtiger Mann mit einer stark gepuderten weißen Perücke, dichten blonden Augenbrauen, sehr freimütigen blauen Augen, platter Nase, großem herabhängendem Schnauzbart und guter Statur; er besaß die kurzen Arme der Leute von der Kurie, trug strenge Trauer, und sein Rock war mit einem goldenen Bändchen zugebunden. Er küßte Madame de Saint-Vaast die Hand und nahm Platz, wo zufällig bereits der Geist von Guy Parbleu saß. Aber er setzte sich nicht auf ihn, denn bevor er sich hinsetzte, ergriff Oberst Coulaincourt den Geist mit beiden Händen und legte ihn auf ein Gepäckgitter, das die Kutsche über dem Vordersitz hatte und auf dem sich bereits die Reisetasche des Medikus Sabat befand. Dort oben klapperte der Diener des

Teufels weiter mit den Zähnen. Der Verstorbene hatte einen Tick, es schien, als sei ihm eine Feder im Rücken gesprungen, denn sein Oberkörper hüpfte wie vom Schluckauf befallen. Er schien sich zu freuen, daß er sich in so umgänglicher Gesellschaft wiederfand. Er schaute den Kantor an und lächelte.

»Sieh an, sieh an! Der Kantor von Pontivy! Ich weiß schon, daß ich Euch eine große Freude gemacht habe, als ich Euch in meinem Testament das Apfelbaumgärtchen in Vernié vermachte. Dafür müßt Ihr auf meinem Begräbnis einen Ehrenmarsch spielen.«

»Es fehlen noch ein paar Tagesreisen«, sagte der Notar von Dorne.

»Also vorwärts, Mamers, zum Friedhof von Kernascleden«, befahl Coulaincourt.

Um die Wahrheit zu sagen, der Kantor wußte nicht, was er von all dem halten sollte, und fragte sich immer wieder, ob er nicht unter eine Horde Nachtschwärmer aus Nantes geraten war. Madame de Saint-Vaast fächelte sich mit einem Federfächer, und Monsieur de Nancy holte aus der Innentasche seines Rockes eine seidene, eineinhalb Ellen lange Schnur hervor und begann, verschiedene Schlingen zu knüpfen, und je vollkommener und komplizierter sie erschienen, um so rascher lösten sie sich in Luft auf, wenn er nur an einem Ende zog. Der Medikus Sabat holte aus der Tasche der Weste, einer blauen Weste mit rotem Rankenmuster, eine goldene Uhr hervor und hielt sie an sein Ohr.

»Ich sehe, verehrter Medikus Sabat, daß Ihr Euch nicht an Eure Tätigkeit als ambulanter Medikus gewöhnt und nicht von der Manie lassen könnt, nach der Zeit zu sehen und ob die Uhr stehengeblieben ist und aufgezogen werden muß, und dabei besteht einer der Nachteile unseres Standes doch

darin, daß wir weder die Zeit zählen noch die vorbeigehenden Stunden ablesen können«, bemerkte der Notar.
»Ich weiß nicht, wann ich mich daran gewöhnen werde«, sagte der Verstorbene aus Quelven, »bin ich doch Neuling in diesem Gewerbe.«
»Und wie war's?« fragte Madame de Saint-Vaast, während sie dem Junker einen jener unvermittelten, spöttischen Blicke zuwarf, die ihr eigen waren, kaltes Edelsteingefunkel der vielgepriesenen grünen Augen.
Madame de Saint-Vaast war wirklich eine sehr schöne Frau, weiß wie feiner Schnee, die Lippen zwei lange, anmutig geschwungene rote Linien, der üppige Busen, der sich gelassen hob und senkte, durchzogen von einem entzückenden Geflecht grüner Äderchen; durch die blaue Seide der Bluse nahmen sich die Knöspchen wie zwei Blutstropfen aus. Der Kantor wußte nicht, wie er den Blick von dort wenden sollte.
»Es war abgemacht«, sagte der Junker von Quelven, »daß ich mich nach Nantes hinunter begeben und im Laden von Madame Croizat nach dem Rittmeister von Kernec fragen sollte. Madame Croizat würde mir eine goldene Schildkröte geben, mit dem Gift im Bauch. Ich hatte schon unterschrieben, denn was konnte ich dabei verlieren, dachte ich mir. Aber das Gift der Schildkröte war wie ein Honigkuchen aus Mortain. Ich hatte einen Hund, meinen Jagdhund Javin, ein wohlerzogener Spaniel, der jedoch schon halbblind und alt war und nur noch in der Küche oder in der Sonne schlief. Warum es nicht probieren? Ich rief ihn mit der fröhlichen Stimme, mit der ich ihn zu den Jagdausflügen in früheren Zeiten gerufen hatte, und der Hund kam hinkend und legte seinen Kopf auf meine Knie; etwas ahnte er, denn als er die Schildkröte in meiner Hand sah, wich er zurück und bellte

mich an. Ich rief ihn nochmals, befehlend, und er kam jaulend und fast auf dem Boden kriechend … Ich legte ihm die Schildkröte auf den Kopf, und er blieb zahm und leckte mir die Hand, wie es seiner Gewohnheit entsprach. Und nachdem er mir die Hand geleckt hatte, fiel er tot um.
Es war ein sehr sanfter Tod, fast ein Einschlafen. Das war es nicht, worum ich gebeten hatte. Ich hatte ihm einen härteren Tod zugedacht. Vor allem wollte ich Blut sehen, das Blut auf dem Boden sehen, das Blut vom Bett auf den Boden fallen hören, Tropfen um Tropfen, so wie ich es in schwülen Regennächten im Bett über mir aus den undichten Stellen im Dach tröpfeln höre. Um sicher zu sein, daß er tot war, mußte ich sehen, wie meine Dogge sein Blut vom Boden leckte. Mit der Schildkröte töten war eine zu einfache Sache. Ihm sagen: »Sieh mal, was für eine hübsche Brosche ich in Nantes gekauft habe!«, und er nimmt sie in die Hand und stirbt, bevor er Zeit hat, die Buchstaben zu lesen, die auf dem Rücken der Schildkröte stehen. Nein, er mußte sehen, daß er starb, mußte lernen zu sterben, während er starb, wie man es bei einer langen Krankheit lernt, wie es der Hirsch im Wald lernt, während die laute Meute der Hunde seiner Fährte folgt. Ich traf ihn mit dem ersten Schuß in den Mund. Er konnte nicht mehr sprechen, er konnte seine Horde, seine Raben, seine Geheimnisse nicht mehr zu Hilfe rufen. Er blutete ein warmes, zähflüssiges Blut. Er wollte aufstehen, und ich traf mit dem zweiten Schuß seine Brust. Dann lud ich langsam die Pistolen nach. Noch ein Schuß, dieses Mal in den Bauch. Er stöhnte, er erstickte. Schon begann das Blut auf den Boden zu tropfen. Wie aus einer undichten Stelle im Dach: pling, pling, pling, pling … Ich pfiff der Dogge, ich rief ihr zu: ›Hier, Garçon! Rasch, Garçon!‹ Sie leckte genußvoll jenes warme Blut auf. Er starb noch nicht;

noch immer stöhnte er, erstickte er, brüllte er wie ein Ochse. Noch ein Schuß, dieses Mal ins Herz. Jetzt war er tot. Tot? Er war im Spiegel des Schranks, lebendig. Er sprach ohne jeden Zorn zu mir, mokierte sich über mich. ›Dein Mut war größer als deine Schlauheit. Jetzt bist du an der Reihe. Morgen früh wirst du tot sein. All die Jahre, die dir noch blieben, wirst du hier umherirren. Ich werde dir eine Truppe schikken, die ich in Bayeux frei habe!‹ Das focht mich nicht mehr an. Hatte ich ihn nicht sterben sehen? Hatte Garçon nicht sein Blut aufgeleckt? Hatte ich nicht gehört, wie es vom Bett auf den Boden tropfte, pling, pling, pling? Und wem gehörte dieser Körper, der so rasch auf dem Bett verweste, daß er schon zu stinken begann? Eine Ratte kam aus einem Loch am Fuß des Bettes, kletterte hoch und begann, das Gesicht des Toten anzunagen. In diesem Augenblick zerbrach der Spiegel in tausend Stücke. Die Ratte floh. Das Bett war leer, aber vom Boden leckte Garçon noch immer das Blut des Teufels auf. Und vorgestern morgen war ich schon tot.«
»Das muß ganz schön unangenehm gewesen sein, als Caballiel im Spiegel auftauchte!« bemerkte der Medikus Sabat.
»Herr Kantor«, sagte Coulaincourt, »könntet Ihr nicht diesen Ehrenmarsch spielen, den Ihr für das Begräbnis des Junkers von Quelven geübt habt? Es ist angezeigt, eine so lange Reise etwas aufzuheitern.«
Der Kantor war ganz betäubt von den Ereignissen jenes nebeligen Morgens, von der Entdeckung einer so merkwürdigen Gesellschaft und von der Rede des verstorbenen Junkers. Mechanisch gehorchte er dem Befehl von Oberst Coulaincourt, holte das Bombardin aus dem Kasten, befeuchtete die Lippen, indem er sie aneinanderrieb, und ließ den Ehrenmarsch in die Luft entweichen.

IV

Bald brach die Dämmerung herein. Der Verstorbene aus Quelven schlummerte ein, und Madame de Saint-Vaast warf ihm eine Decke über. Der Kantor spürte Hunger und Durst; sie fuhren in langem Trab an der Taverne von Clouzemel vorbei, die das Schild hinausgehängt hatte, das den neuen Apfelwein ankündigte; auch das in den Liedern der Jäger hochgelobte Gasthaus von Les Pieux hatte sein Schild draußen. Du setztest dich an den steinernen Tisch, und schon kam eine der jüngeren Töchter des Gastwirts und goß dir aus einem kolorierten Krug das siedende Gold des Apfelweins in das Glas; sommers wie winters waren ihre weißen Arme entblößt, die Ärmel ihrer Leinenblusen hochgekrempelt. Dem Kantor lief das Wasser im Mund zusammen. Sie verließen die Heerstraße kurz hinter Les Pieux, und die Kutsche schien jetzt über freies Feld zu fahren. Diese Totengesellschaft bestand aus wortkargen Leuten, sie schwiegen Stunde um Stunde.

»Und wann kann ich mich schlafen legen?« wagte der Kantor den Herrn von Coulaincourt zu fragen.

»Vielleicht«, sagte jenes Skelett im Militärrock, »sind wir Euch gegenüber nicht so höflich gewesen, wie Ihr es verdient, denn obwohl uns der Ehrenmarsch, den Ihr vor einer Stunde so vortrefflich gespielt habt, gefallen hat, haben wir Euch keinen Applaus gespendet; und doch glaube ich, daß jeder der hier anwesenden Toten denkt, wie gern er ihn in dem Augenblick hören wird, da seine Stunde gekommen ist – in mehr oder minder drei Jahren wird diese Truppe endgültig unter der Erde ruhen – und er ins Grab sinkt. Und die Erdklumpen, die auf den Nußbaumsarg fallen, der mich auf dem Friedhof von Bayeux erwartet, werden keine schlechte

Trommelbegleitung abgeben! Wir haben Euch auch nicht gesagt, daß wir, da wir tot sind, kein Feuer im Herd entzünden und auch nicht in ein Haus treten dürfen, wo ein solches brennt, daß wir weder Weizenbrot noch etwas essen dürfen, das Salz oder Öl enthält, und auch keinen Wein trinken dürfen. Aber jetzt begeben wir uns zu den Ruinen des Klosters von Saint-Efflam-la-Terre, und dort hält Mamers in der einstigen Klosterküche ein Faß starkes Märzenbier bereit und einen mit Pfeffer gebeizten Schinken, den wir nach Dinan zum Braten geschickt haben, bevor wir zu dieser Reise aufbrachen. Auch hätten wir Euch mitteilen sollen, daß wir, wenn die Dunkelheit hereinbricht, sechs Stunden lang zu unserem Zustand als Skelette zurückkehren. Sogar der Busen von Madame de Saint-Vaast, diese Seide, die alle Augen der Welt für eine weiße Kamelie halten, während sie über sie hingleiten, entschwindet, Asche, nur von Liebe durchduftet! Skelette wir alle, sagte ich, doch nein, denn Guy Parbleu, da er keines hat, wird zu einem blauen Lichtlein.«
»Da ist es schon!« sagte Madame de Saint-Vaast mit einer Stimme, die ernster und tiefer war als zuvor. »Wie Venus, wenn sie über den Bergen aufsteigt! Nie werde ich müde, dich anzuschauen, Parbleu!«
Und so war es: auf der Ablage, neben der Reisetasche des Medikus Sabat, flackerte ein sternförmiges blaues Lichtlein, dem Gestirn Venus gleich, wie der Kantor es gern über den Hügeln von Rochefort und von Ploermel aufsteigen sah; es leuchtete wie Venus, und wie Venus verbreitete es ein silbriges Licht. In diesem Licht gewahrte der Kantor, daß all seine Reisegefährten bereits staubige gelbe Skelette waren. Dem Schädel von Madame de Saint-Vaast rutschte bei jedem Hüpfer, den die Kutsche auf diesem unbenutzten Weg tat, die Perücke herunter. Der Henker von Lothringen hingegen

fuhr fort, Schnupftabak zu nehmen und anzubieten. Es erwachte der Verstorbene aus Quelven. Seit gestern tot, bewahrte er noch sein freilich bleiches Fleisch und roch schon ein wenig.

»Ich konnte meinen eigenen Geruch nicht ertragen«, sagte der Notar von Dorne, »und dankte es dem verstorbenen Herrn von Combourg, der auch mich zum Friedhof von Kernascleden brachte, daß er mich in die alte Kalkgrube warf. Als ich, von Fäulnis frei, herauskam, brach ich von einem Rosenstrauch, der über die Gartenmauer des Pfarrhauses wuchs, eine Rose und nahm sie zwischen die Zähne, um mich auch vor mir selbst von jenem ekligen Saft zu befreien, den mein sündiges Fleisch ausschwitzte.«

Der Medikus Sabat wollte lachen, aber er zog eine Grimasse, während er von Monsieur de Nancy eine Prise Schnupftabak nahm.

»Der Herr Kantor«, sagte Monsieur de Nancy, »kann sich gleich nach dem Abendessen zum Schlafen in die Brottruhe der einstigen Mönche legen. Es sei denn, er ziehe es vor, in der Runde zu bleiben und unseren Geschichten zu lauschen, während der verstorbene Herr Junker von Quelven sich in der Kalkgrube entkleidet.«

Der Kantor war schon halbtot vor Angst; außerdem wurmte ihn jetzt, daß er Madame Clémentine nicht ausrichten lassen konnte, sie möge ihm dicht am Feuer, auf einem Dreifuß, eine Petersiliensuppe mit einem pochierten Ei warmhalten, und daß er über keinen Boten verfügte, der mit einer Nachricht zum obersten Stiftsherrn eilen konnte, damit dieser ihn vom Chor dispensierte, weil er von einer Horde der jenseitigen Welt entführt worden war. In der Ferne waren einige Lichter zu sehen, die, nach der zurückgelegten Strecke zu urteilen, der Stadt Kernascleden gehören mußten.

»Unsere Geschichten erzählen«, sagte, mehr zu sich selbst als zum Kantor, Oberst Coulaincourt, »unsere Geschichten uns selbst erzählen und jedem, der kommt und geht, Tag für Tag, Monat für Monat, Jahr für Jahr, ist das nicht eine sehr langwierige Strafe?«

»Die größte Überwindung kostet es mich, wenn ich erzählen soll, wie der Henker von Rennes mir den Knoten direkt am Kehlkopf knüpfte. Es war ein rauher, faseriger Strick aus tarragonischem Espartogras. Er zog ihn fest zu, und dann mußte er die Schlinge lockern, um den Knoten in den Nakken zu schieben, und dabei streifte er mein Kinn und meinen ganzen Hals. Halberstickt sagte ich zu ihm: »Sachte, Mensch, wir sind alle Christen!«

»Und was hat er gesagt?« fragte der Kantor.

»Nichts. Er spuckte in die Hände und zog an der Sicherung der Bodenfalle.«

»Leicht verdienen sich die Henker in diesem Land ihr Leben!« bemerkte Monsieur de Nancy. »In Lothringen muß man den Knoten in der Luft knüpfen, bevor man dem Verurteilten die Schlinge um den Hals legt.«

»Das kommt daher, daß dort das Gesetz von Bologna gilt«, erläuterte der Notar von Dorne sachverständig. »Das steht in den Texten: Lotharingia reget lege romana.«

Die Hirtenhunde bellten. Mamers der Hinkefuß peitschte das Gespann. Die Kutsche rollte über schlammiges Pflaster. Sie befanden sich bei den Ruinen des Klosters von Saint-Efflam-la-Terre. Als die Kutsche in dem alten kleinen Ehrenhof hielt, war in der Stille der Nacht dreimal der Schrei der Eule zu hören.

Zweiter Teil

Die Geschichten

I

Der Bierkrug ging von Hand zu Hand und von Mund zu Mund. Der Herr Kantor machte Anstrengungen, um seine Lippen nicht dort anzusetzen, wo die Toten tranken, und wer den Schinken austeilte, war der Medikus Sabat, der die Stücke übrigens sehr geschickt mit einem großen gaskognischen Messer abschnitt. Stark gepfeffert, wie er war, ließ der Schinken nicht das Salz vermissen. Die Verstorbenen kauten langsam, stumm, die einen stehend, die anderen auf dem Boden sitzend, und Madame de Saint-Vaast, die Büste dicht von ihrer roten Federboa umschlungen, auf der Reisetasche von Monsieur de Nancy. Der Kantor tat gerade einen Schluck aus dem Krug, als im Atrium die Schritte eines Mannes zu hören waren, der genagelte Holzschuhe trug.
»Da ist er schon, Herr Junker von Quelven, der Rittmeister von Combourg. Der Kalk möge Euch nicht die Verdauung verderben!« sagte der Medikus Sabat.
Herein trat ein langes Skelett mit lässigem Gang, das einen großen Degen mit sich schleppte, und auf der linken Schulter trug es das Knochengerüst eines Vogels. Mamers hob die Öllampe, bei deren Licht sie aßen, und der Kantor sah mit großem Erstaunen, daß jener Herr Rittmeister von Combourg die Farben Blau und Gelb des Regiments Navarra trug, in dem er selbst als berittener Kadett gelandet wäre, wenn er in seiner Jugend mehr Tatendrang besessen hätte.
»Wo ist der unverschämte Kerl, der seinen Dämon töten wollte?« fragte er mit dröhnendem Lachen. Das Knochengerüst des Vogels, das an seiner Schulter hing, flog, als hätte es Federn an den Flügeln, auf die Hände von Madame de Saint-Vaast.
»Hier bin ich, Rittmeister, am Fleisch erkennt man mich.«

»Und wer ist der, der so kirchlich aussieht?«
»Der ist lebendig, Herr Rittmeister, und er kommt mit einem firmierten Schutzbrief mit uns. Er heißt de Crozon und ist Bombardin-Kantor der Kapelle von Pontivy, und er sitzt just auf der Kiste, in der sich sein Instrument befindet.«
»Ein de Crozon war gerade dabei, eine Sichel zu wetzen vor vierzig Jahren, als man mich beim Einzug in das Schloß von Josselin von meinem Falben schoß. Aber Ihr seid nicht jener de Crozon, denn der, von dem ich spreche, war einäugig.«
»Das war mein Vater«, murmelte der Kantor.
Der Rittmeister im Regiment Navarra heftete den Blick sehr ernst auf den Kantor, die Hand auf den Degenknauf gelegt, aber sein Grimm verflog mit einem lauten Lachen.
»Immer noch besser, als wenn Ihr ein Hurensohn wärt!«
Alle Anwesenden lachten. Das fliegende Skelett war, wie der Kantor erfuhr, ein sehr lieber Rabe, den der Rittmeister von Combourg gehabt hatte, und als der Rittmeister auf Schloß Josselin den Tod fand, tötete man auch den Raben und begrub ihn mit ihm. Die Dame gab ihm Schinkenfasern, und der Vogel fraß genüßlich aus den Fingern der Schönen. Der Rittmeister hatte es eilig, den Junker von Quelven zu holen und ihn zur alten Kalkgrube zu bringen, um ihn von seinem Fleisch zu befreien, bevor es ganz verfaulte. Der Junker und der Rittmeister verabschiedeten sich für ein paar Stunden von der Gesellschaft, und zweimal noch kreiste der Krug, um dem Fäßchen Bier den Garaus zu machen. Der Rittmeister hatte den Raben auf den Röcken von Madame de Saint-Vaast gelassen, wo er ein Schläfchen hielt, und Mamers der Hinkefuß hängte die Lampe an eine Hand der Statue von Sankt Efflam, die von der mittleren Säule des Portikus aus aufmerksam jene Nachtmenschen zu betrachten schien. Der Kantor beruhigte sich ein wenig angesichts der Nähe des

Heiligen, wechselte unter dem Vorwand eines Luftzuges seinen Platz, setzte sich direkt unter Sankt Efflam, machte es sich bequem, legte den Arm auf die nackten Füße des Schutzheiligen und stützte den Kopf auf den Arm. Ihm war, als würde er mit den Fingern etwas in den Stein Geschriebenes lesen, immer wieder liebkoste er die von den Jahren und Unwettern halb verwitterten Buchstaben, und das war fast wie beten.

»Da wir in diesen Nächten, in denen wir als Horde umherziehen, zur Strafe unsere Geschichten erzählen müssen«, sagte Oberst Coulaincourt, während er die Umschläge des Militärrocks hochklappte, »denke ich, daß die Höflichkeit gebietet, Madame de Saint-Vaast die ihre erzählen zu lassen. Und du, Guy Parbleu, beruhige dich, mir wird ganz schwindlig, wenn ich dich so hin und her fliegen sehe.«

Coulaincourt lehnte sich an das Grab eines alten Abtes, Guy Parbleu ließ sich auf einer Eisenkette nieder, die vom Schlußstein eines Gewölbebogens herabhing und vermutlich zur großen Lampe gehört hatte, Monsieur de Nancy bot Schnupftabak an, und alle liehen der Geschichte von Madame de Saint-Vaast ihr Ohr. Dann und wann rief die Eule, und in der Ferne waren Hunde zu hören, dort, wo einem vagen Licht nach zu urteilen, das der Wind wie einen dünnen Zweig tanzen ließ, Kernascleden liegen mußte.

II

»Ich kam im Festungsturm von Audierne zur Welt, von wo aus ich den goldenen Blitz des Leuchturms von Eckmühl durch die Nacht fahren sah. Der Turm von Audierne ist sehr windig, und das Meer bricht sich an ihm. Ich war die Jüngste der Töchter des Jägers von Semplacat, und ein Lobgesang mit sieben Versen, mit dem meine Mutter einst auf der Kirchweih von Pont-Croix bedacht wurde – ein Vers für jede ihrer Töchter –, pries mich als die Schönste von allen. Man gab mir den Namen Clarine, weil meine Mutter während ihrer Schwangerschaft einen Roman gelesen hatte, in dem eine verliebte Dame dieses Namens vorkam, und alle waren sich einig, daß ich die grünen Lichter der Augen jener Dame Clarine aus dem Roman geerbt hatte, welche, wie sehr gefühlvoll beschrieben war, am Morbus Cholera in Verona in Italien verstarb, getröstet von einem englischen Liebhaber, den sie hatte und der die Zukunft in einem Gefäß aus Basiliskenhorn weissagte. Ich wuchs sehr artig und sorglos heran in jenem Reichtum von Audierne, an der Seite meiner Schwestern und meiner Mutter, die immer auf die Rückkehr meines Vaters, des jagenden Junkers, wartete, der mit seinen Cousins Chateaubriand in den Krieg von Hannover gezogen war und von Zeit zu Zeit um zwei Hemden aus rohem Linnen, ein paar Flanellunterhosen und zwei in Tours geprägte Goldmünzen schickte. Eines Tages kam die Nachricht, er habe sich an der Grenze mit einer flämischen Schankwirtin verheiratet und verlasse das Königlich-Normannische Regiment, um sich dem Geschäft seiner neuen Flamme zu widmen, die ihr Biwak »Le coq breton« getauft hatte. Ein Onkel zweiten Grades, Cousin meines Vaters, welcher Buchhalter der Walfangeinnahmen in Brest war, brachte die Neuigkeit, und unter dem Vorwand, die Interessen derjenigen zu sanieren, die sogleich die traurige Witwe von Semplacat genannt wurde, ließ er sich in unserem Turm nieder, übernahm das Kommando – das meine Mutter, ständig in Tränen aufgelöst, ihm sang- und klanglos überließ –, machte uns in einem Jahr brotlos und floh in der Eilpostkutsche von Vannes mit der ältesten der sieben Schwestern, nachdem er eine mittlere geschwängert hatte, die Anne-Héloïse hieß und einen Fleck am Ohr hatte. Unter dem Vorwand, eine Verhaftung seitens des Kriminalgerichtshofes von Châteaulin zu erreichen, begab sich meine Mutter zuerst nach Quimper und dann nach Rennes, und von der Primatsstadt reiste sie nach Bagnoles-de-l'Orne zu den Heilwassern, um sich von einem unsteten Puls zu kurieren, eine Folge ihrer Mißgeschicke, alles bezahlt von einem gewissen Hauptmann de Gaillon, der, kaum daß er sie in einer Herberge erblickt hatte, zu ihrem Fixpunkt wurde. Und wir hörten nichts mehr von ihr, außer, daß sie in Etretat eine Plätterei nach englischer Art eingerichtet hatte. Nichts als Hurenromane also, die mir in meinen ersten Jugendjahren als Erziehung dienten.«

Als sie dies sagte, wurde ihre Stimme etwas traurig, und der Kantor staunte ob ihrer geschliffenen Redeweise und ihres zarten Akzents von der Küste und vergaß, daß es das Skelett mit der Federboa war, das da sprach, und er spürte sogar, daß sein Herz im Takt der Qualen jener Madame zu schlagen begann.

»Meine Schwestern heirateten alle bald, mit Ausnahme derjenigen, die von unserem Herrn Onkel geschwängert worden war und die bei mir im Turm von Audierne blieb, mit ihrem Kind, das ihr sehr anmutig geraten war und etwas zum Stottern neigte. Wir Jungfern von Semplacat waren an der ganzen Küste von Quimper sehr beliebt, sowohl unserer Herkunft als auch der weißen Haut wegen und weil wir so leicht lächelten und damit sagen zu wollen schienen, wir seien immer zur Liebe bereit ... Im ersten Haus neben der Brücke des Turms lebte ein Westenweber namens Monsieur

Labaule, der am Tag des heiligen Emeterius, als er von der Kirchweih zurückkam, aufgrund des heißen Apfelweins, den er getrunken hatte, von einer Lähmung befallen wurde. Da er allein lebte und Küche und Haus selbst besorgte, ließ er einen Neffen rufen, der Flötist im Schloß von Broglie war und blondes Haar hatte. Solange der Flötist noch nicht da war, gingen meine Schwester und ich täglich zu Monsieur Labaule, um ihn zu pflegen, ihm klare Brühen und Abreibungen mit Fenchelwasser zu verabreichen, ihm das Bett zu machen und die Wäsche zu wechseln, und ich gestehe heute ohne Scham – wie wurden wir, meine Schwester Anne-Héloïse und ich, nicht von den Zungen der Klatschbasen und Putzmacherinnen von Audierne malträtiert –, daß die ersten männlichen Schamteile, die ich erblickte, die von Monsieur Labaule waren, als ich ihn säuberte, denn er machte sich alles voll, und nicht die Teile derer, welche diese eifersüchtigen Weiber mir als Liebhaber unterstellten. Widerliches Pack! Zu Ostern traf der Neffe, Pierre Labaule, ein, und kaum war er da, wurde er auch schon mein Liebster. Jeden Abend setzte er sich auf die Brücke des Turms und brachte mir ein Ständchen dar. Er besaß die Kunst, die Amsel und die Singdrossel nachzuahmen, und brachte mich dazu, ihn in den Wald von Auremer zu begleiten, und ließ mich in einem Winkel stehen und ging in einen anderen, um mit seinem Gesang die Nachtigall zu wecken, und wenn er sie geweckt hatte, kam er zu mir zurück, und eng umschlungen lauschten wir der Zauberin der Nacht. Monsieur Labaule sah die Verlobung mit Wohlgefallen, und er hatte einen Notar in Douarnenez rufen lassen und all sein Hab und Gut auf den Neffen überschrieben, wenn er mich heiratete, und wir vereinbarten, daß die glückliche Hochzeit zum Herbstende stattfinden sollte. Wie habe ich ihn verwöhnt, meinen Flötisten, er gefiel mir, klein wie er war, sein blondes Köpfchen, der seidige Schnurrbart, seine schweigsame Art und seine Neigung, für nichts und wieder nichts zu erröten! Zur Erntezeit erkrankte meine Schwester an einem konvulsivischen Fieber, und nach zwei Wochen stand sie am Rand des Grabes, und man mußte einen Arzt aus Kerity holen, der sehr berühmt war in geheimen Fiebern und ebenso teuer wie berühmt.«

»Berühmter noch war er«, unterbrach der Medikus Sabat, »als wissentlicher Hahnrei.«

»Ruhm, woher er auch kommen mag, hat seinen Preis«, sagte der Notar.

»Man bezahlte ihm pünktlich die Untersuchung, mit dem Geld des alten Labaule, und es stellte sich heraus, daß meiner Schwester von der Geburt ein paar Zwischenfibern des Mutterkuchens zurückgeblieben waren und es kein anderes Arzneimittel dagegen gab als eine neue Schwangerschaft und daß mit der neuen Geburt all diese Überreste verschwinden würden und die Kammer sauber wäre. Meine Schwester und ich sprachen darüber, wie man Abhilfe schaffen konnte, denn wenn wir nicht bald etwas unternähmen, würde die Arme unweigerlich sterben. Wir dachten an einen Schnitzer, der Holzschuhe für die Stockfischfänger fertigte, und wir faßten auch einen Seemann ins Auge, der Gâteau-Surprise mit Spitznamen hieß und sehr schmuck war und meiner Schwester den Hof machte, indem er ihr zuzwinkerte. Aber um der Ehre des Sohnes willen, von dem ich euch sagte, er sei anmutig und ein Stotterer, und der schon mit fünf Jahren für die Königliche Marine vorgemerkt war, suchten wir das Geheimnis, und unglücklicherweise kam mir in den Sinn, der Schwester meinen flötenspielenden Pierre zu leihen, damit er sie schwängerte. Und während diese Aussaat vonstatten ging, begab ich mich, da ich nicht die Honneurs machen wollte, auf eine Wallfahrt nach Sainte-Anne-La-Palud.«

Madame de Saint-Vaast schniefte ein wenig und fragte, ob noch ein halber Krug Bier übrig sei. Mamers der Hinkefuß brachte ihn ihr, nachdem er das Fäßchen leergezapft hatte, und Madame trank langsam und wischte sich mit einem bestickten Taschentuch den Mund ab.

»Als ich nach Ende der Wallfahrt zum Turm zurückkehrte, war die Medizin bereits zur Anwendung gebracht worden. Und in den Kirchen sollte schon mein Aufgebot und das von Pierre Labaule verlesen werden, als der Bursche Briefe erhielt, in denen ihm verkündet wurde, er habe sich zum Schloß von Broglie zu begeben, um als Zeuge in einem Prozeß auszusagen, den jene Fürsten um ein Perlenhalsband führten, das verlorengegangen war oder das eine Beschließerin gestohlen hatte. Ich vergoß Tränenströme, und von dannen zog Pierre, mit dem Versprechen, zu Allerheiligen und Allerseelen wieder in Audierne zurück zu sein. Er sandte mir aus Broglie mit der Königlichen Post Worte der Liebe und Bänder aus Seide, aber es verging fast ein Jahr, und vielleicht wäre er noch immer nicht gekommen, wenn nicht sein Onkel, der Weber, gestorben wäre, denn die Herzöge von Broglie wollten ihn für die mündliche Verhandlung zur Hand haben. Und es fügte sich, daß ich, als Pierre in Audierne eintraf, nach Quimper gegangen war, um mir ein Trauerkleid mit Einschlagspitzen machen zu lassen, und als mein Liebster den Turm betrat, war das erste, was er sah, meine Schwester Anne-Héloïse, die dem kleinen Jungen die Brust gab, den sie von ihm geboren hatte, um sich von den erwähnten Zwischenfibern zu kurieren. Meine Schwester zeigte offen ihre vollen Brüste, sie war sehr still und zuvorkommend und von jener bescheidenen Anmut, in der viele ein Verdienst sehen wollen. Pierre traf das Bild mitten ins Herz, um so mehr, da er vielleicht Erinnerungen an seine Verfertigung bewahrte, denn obwohl er es aus Liebe zu mir getan hatte, so war es doch bestimmt nicht ohne Schmeichelei und Liebkosen abgegangen, und der Kleine lächelte ihn an, und in diesem Augenblick vergaß er mich und bestand darauf, daß Anne-Héloïse seine Frau sein sollte, und als ich im ganzen Schmuck meiner Spitzeneinsätze und feinsten Alençon-Stickereien aus Quimper eintraf, läuteten die Glocken der Kirche des heiligen Paulus, weil die Frischverheirateten heraustraten. Das Ereignis traf mich so überraschend und so ohne Arg, daß ich nur still weinen konnte, und ich verbrachte den ganzen Tag im Wald von Auremer, wo ich früh am Morgen der Turteltaube und am Abend der Nachtigall lauschte und immerzu meinem Herzen, das mir in der Brust zerspringen zu wollen schien ... Als ich an einem Tag im Mai durch den Wald spazierte und am Wegrand wilde Erdbeeren pflückte, traf es sich, daß auf einem Rotschimmel der Freiherr von Saint-Vaast vorbeigeritten kam, der sogar ein wenig mit uns verwandt war, sein Haus und das meine führen als Wappen einen Falken auf rotem Feld. Er kam nach Audierne, um neun Meerbäder zu nehmen, die der Heiler Galvan ihm verschrieben hatte, den er sich als Kammer-Hippokrates hielt, um sich von einer Positur des Rückgrats zu kurieren. Ich sagte ihm, er möge doch zu uns in den Turm von Audierne kommen, wo wir, obwohl arm und traurig, doch immer noch in der Lage seien, einem so außergewöhnlichen Verwandten Ehre zu erweisen. Mir war, als fände er Gefallen an meinem Gesicht, an der höflichen Art meiner Rede und an meiner Gestalt, und so verhielt es sich auch, denn zur großen Freude aller wollte er drei Tage nach seiner

Ankunft im Turm schon in mein Bett schlüpfen, freilich nicht ohne vorher den Weg über die heilige Kirche zu nehmen. Ich heiratete also ohne Liebe jenen Greis, der mich in allen Adelshäusern der Bretagne und der Normandie präsentierte, wobei er sehr artig meine Hand in seiner trug, als trüge ich wertvolle und nie gesehene Ringe an den Fingern. Aber mir gelang es nicht, Pierre Labaule aus dem Kopf zu bekommen, und nicht einmal als nunmehr reiche und gefeierte Dame gelang es mir, ihn zu vergessen. Und so beschloß ich, meine Schwester während eines Erholungsbesuches in Audierne zu vergiften. Galvan, der Heiler, gab mir für ein Pfund Gold vier Körner von dem Gift, das man ›thanatos umbrae‹ nennt, und sie waren präpariert, um in Maisbrei aufgelöst zu werden, welches das Frühstück war, das Anne-Héloïse am liebsten aß. Und es traf sich, daß meine Schwester mit einem Schnupfen im Bett lag, und ich tat, als hätte ich ihr alles verziehen, und machte mich daran, sie zu pflegen. Und in einem Brei löste ich die vier Körner auf, es ist ein Gift, das keine Spuren hinterläßt, und ich brachte ihr das Frühstück, und nach vier Löffelvoll schaute sie mich an, stieß ein ah! aus, schloß die Augen – am meisten fürchtete ich, sie könnte mich anschauen, während sie starb – und verschied. Und ich, von Sinnen, wie ich war, hob in Angst und Schrecken die Hände an den Mund, die ich nicht gewaschen hatte, seit ich das Gift aufgelöst hatte, von dem ein bloßer Hauch genügt, um zu töten. Und ich fiel tot um, direkt auf das Bett meiner Schwester.«

Madame de Saint-Vaast bedeckte das Gesicht mit den Händen, zwei Bäumchen mit zehn kleinen Zweigen aus durchsichtigem Marmor, und schluchzte. Der Kantor schickte sich an, von seinem Sitz aufzustehen und ihr mit der Hand auf die Schulter zu klopfen, damit sie sich beruhigte. Aber in diesem Augenblick gewahrte er, daß der steinerne Sankt Efflam ihm einen seiner Füße auf den Arm gesetzt hatte. Wollte der Heilige ihm damit bedeuten, daß er sich nicht von der Stelle rühren sollte?

»Und seit jenem Morgen muß ich mich jedes Jahr, solange der flötenspielende Pierre lebt, am Jahrestag nach Audierne begeben und in Pierres Kammer treten, wo er fast immer auf der Flöte übt und allein ist, da der Bastard von Audierne bei der Königlichen Marine dient und der Kleine, der das Ergebnis der Medizin war, sich im Seminar von Vannes befindet und da er nicht wieder heiraten wollte, und meine Strafe besteht darin, daß er mich nicht erkennt und mich für seine Anne-Héloïse hält und mich unter ihrem Namen liebkost und mich küßt und den Fleck an meinem Ohr sucht, um sicher zu sein, daß ich sein geliebtes Täubchen bin, und da sein Wunsch so heftig ist, findet er ihn auch, und ich muß auf dem Umweg über eine andere jene Liebe erleben, die ich für mich gefordert hatte, gar über eine vergiftete Tote ... Und es bleiben mir noch zwei Jahre, denn dann, am Martinstag, wird Pierre sterben, weil das Pferd, auf dem er unterwegs ist, die Steilküste von Gulvinec hinabstürzen wird. Und dann werde ich in mein Grab auf dem alten Friedhof von Audierne sinken können, der so nah am Meer liegt, daß man bei den Märzstürmen oftmals Fische auf den Gräbern findet. Und ich will weiter nichts als schlafen, schlafen, schlafen ...«

III

»Ich wurde hier in der Nähe geboren, in einem Ort namens Le Faoüet. Wenn wir jetzt auf den Turm stiegen, würden wir vielleicht ein Licht auf einer einsamen Anhöhe sehen, gen Süden. Es gibt gute Weiden dort, aber wenig vornehme Leute, und die Rechtsprechung übt in jener Ortschaft der Herr Vizegraf von Rostrenen aus, und das Recht, welches dort herrscht, ist die Gewohnheit von Quimper, und fast alles läßt sich regeln, entweder mit guten Fürsprechern oder mit Geld. Mein Vater war Gehilfe der Königlichen Steuern, wenig beliebt, wenn ich die Wahrheit sagen soll, denn er setzte den Bauern hart zu, ob es sich nun um die Wolle der Schafe oder um die Häute des Viehs handelte, den Roggen, den Zoll der neuen Brücke, mehr als zwei Fenster in jeder Hauswand, die Tafeln der Generalstände, die Unterkunft des Generalgouverneurs oder dieses und jenes. Es kam ein neuer Pfarrer nach Le Faoüet und begann, die Bauern aufzuhetzen, indem er Reden ›adversus publicanos‹, das heißt ›wider die Zöllner und Sünder‹, hielt; so blieb das Wort ›Zöllner‹ an meinem Vater als Spitzname hängen, und in einem Dürrejahr, als die Dürre herrschte, welche das Feuer von Sankt Yvet genannt wurde, weil am Mittag des Tages des Heiligen, der auf den 3. August fällt, die Kornfelder der Heide von Blame brannten, ohne daß jemand sie angezündet hatte, als er sich nach Mur-de-Bretagne begab, um die Steuer des Königs auf die Viehhäute einzutreiben, töteten ihn welche, die nicht gefaßt wurden, mit einem Spatenhieb auf den Kopf. Meine Mutter war eine gute Frau, die viel betete, eine gefeierte Köchin, mit einem Onkel, der Kanonikus in Chartres gewesen war, womit sie gewaltig prahlte, wenn sie mit den Nachbarinnen plauderte und von ihren Besuchen bei ihm erzählte. Sie hatte sogar etwas von den Extrasteuern meines Vaters in die Tasche gesteckt, und es war nicht mehr gewesen, weil man in meinem Haus immer sehr gierig nach dem Besten gewesen ist, sowohl was Fleisch als auch was Fisch, Käse und Wein betraf. Ach, ihr Veilchen aus dem Médoc, daß ich euch jetzt nicht mehr kosten kann! Man hatte mich als Ministrant, mit französischer und lateinischer Grammatik und der *summula decretalis* als Bezahlung, bei der Geistlichkeit von Hennebont untergebracht, und als man meinen Vater erschlug, dachte meine Mutter, es sei besser, mich nach Dinan zu bringen, um dort den Bologneser Kommentar im Kapitel der Appellanten zu studieren, weil mir das Latein der Dekrete so gut lag und ich zum Redner vor Gericht geeignet zu sein schien. Und ich hatte schon die *interdictio* und die *vinculatio* gelernt, welches die beiden Beine des Rechtsgelehrten in der Bretagne sind, als das Notariat von Dorne vakant wurde, und wir kauften es, indem wir verkauften, was wir in Le Faoüet besaßen, und uns ein wenig verschuldeten. Ich kam nach Dorne mit einem rankengemusterten Rock, Dreispitz mit Überband und bestickten Handstulpen, und ich tat mich sogleich hervor, sowohl der schönen Schrift meiner Urkunden wegen als auch, weil ich wenig Geld verlangte, jeden des langen und breiten über seine Interessen unterrichtete, Junggeselle war und dem Testamentsvollstrecker unseres verstorbenen Kanonikus von Chartres Briefe vermittels der Königlichen Post sandte, um zu sehen, wie es um den Erbschaftsprozeß bestellt war. Ich wußte schon, daß er mir nichts hinterlassen hatte, aber ich tat es, um mich bemerkbar zu machen. Wenn ich sah, daß man mich schätzte, erhöhte ich den Tarif, und ich bedauerte, daß ich kein Porträt meines Vaters besaß, damit er sähe, daß ich ihm in seinen Listen nachzueifern verstand. Der Apfel fällt nicht weit vom Stamm. Nachts Gold zu zählen ist die schönste Sache der Welt. Ein englischer Tournois klingt anders als ein Louis aus Frankreich, und ein Goldengel aus den Küstenstädten anders als ein Karolus aus Spanien. Ich zündete vier Kandelaber an und stellte je einen auf eine Ecke des Eßzimmertisches und machte mich daran, das Gesparte zu zählen, ich hatte alles in farbigen Beutelchen mit einem patentierten, mit Goldfaden aufgestickten *signum* verwahrt. Ich machte kleine Türme, ich machte, daß der Tisch wie die Place du Tremble in Angers gepflastert war, ein Platz, der mit kleinen runden Steinen wie Münzen ausgelegt ist, und dann, wenn der Tisch gepflastert war, tat ich mit dem Zeigefinger und dem Mittelfinger der rechten Hand, als wäre ich der Herzog von Laval auf einem Spaziergang. Und ich machte mit den Münzen Gesichter von Leuten und ein goldenes Pferd, das ich gern gehabt hätte, und da ich noch immer Junggeselle war – und man weiß ja durch Augustinus, daß Enthaltsamkeit die Phantasie beflügelt, und der Kommentar folgert aus diesem Text den sogenannten ›mildernden Umstand der Entbehrung‹ –, verfiel ich darauf, eine Frau mit den Münzen darzustellen, ganz aus Gold, und ich legte ihr zwei Aquamarine, die ich gekauft hatte, als Augen, und zwei Rubine als Brustwarzen: die Schamteile deckte ich ihr freilich mit meiner Tabakdose zu, auf deren Vorderseite Venus Aphrodite aufgemalt war, wie sie den Wellen des zypriotischen Meeres entsteigt. Das waren meine Freuden. Glückliche Jahre in Dorne, wie rasch seid ihr verflossen!«

Der Notar, ein untersetztes Skelett aus sehr harten, roten Knochen, holte ein großes kariertes Taschentuch aus der Rocktasche, um sich zu schneuzen oder die Augen zu trocknen, wenn er tatsächlich weinte, aber da er kein Gesicht

fand, wo er es tun konnte, steckte er das Taschentuch wieder ein.
»An einem Morgen mit Nordwind, einem jener Nordwinde aus dem Südwesten, die in Dorne so oft im Februar und zur Herbstzeit blasen, traten in mein Notariat zwei vornehme Herren, beide jung und schmuck, Brüder, welche sich als die Herren Grafen von Maintenon vorstellten, und sie kamen nach Dorne, um Oberst de Sauvage, dem Anführer der Berittenen Gardisten, den Prozeß zu machen, da sie herausfinden wollten, wer von ihnen das Recht hatte, im Schloß von Flers nach einem Schatz zu suchen, denn alle drei stammten sie vom alten Villiers de Flers dem Schwarzen ab, der ihn einst versteckt hatte. Ich wurde ihretwegen in der Kammer vorstellig, und während ich die Ansprüche der Herren Grafen studierte, die zu beweisen ein leichtes gewesen wäre, hätte es da nicht einen Bastard gegeben und hätte nicht die Sakristei von Ivry gebrannt, in der sich das Buch mit der Urkunde befand, was dem Herrn Oberst de Sauvage den Vorwand für die Behauptung lieferte, es handle sich nicht um einen Bastard, sondern um eine Nonne, welche seine Tante neunten Grades in zweiter Linie gewesen sei; während ich also die Ansprüche studierte, studierte ich den Schatz und prägte mir anhand eines Planes die Anlage des Schlosses von Flers ein und stellte mir vor, wo meine Wenigkeit, nicht weniger knauserig und mißtrauisch als Villiers de Flers der Schwarze, ihr wertvolles Gold verstecken würde, wenn eine Zeit der Kriege und Revolten heraufzöge. Und ich kam darauf, daß ich es in einem Hohlraum über dem Gewölbe der niederen Ställe verstecken würde, denn ursprünglich hatte man vorgehabt, dort die Wachstube mit Kamin einzurichten, und der Hohlraum war dafür bestimmt, den Zug sicherzustellen; dann überlegte man es sich anders und machte die

Wachstube im neuen Vorhof, mauerte den Hohlraum zu und benutzte das getane Werk als Schweinestall. Ich lachte laut auf, als ich die Entdeckung machte, wie jemand, der ahnt, welches saubere Vögelchen sich die Kirsche geholt hat. Genau dort mußte der Schatz sein! Ich bekam die Sache und die Entdeckung nicht aus dem Kopf, ich konnte nicht schlafen, und es widerstrebte mir sogar, das Gold in der Nacht zu zählen, ich verbrachte sie statt dessen damit, über dem Plan des Schlosses von Flers zu brüten. Bis ich unter dem Vorwand einer Reise nach Chartres, wo ich das von meinem Herrn Onkel, dem Kanonikus, Ererbte in Empfang nehmen würde, da der Testamentsvollstrecker endlich seine Berechnungen angestellt habe, zu Pferde die Straße nach Argentan nahm, wobei ich einen jungen Diener mit mir führte, den ich *ex professo* für jenes Abenteuer angeheuert hatte und der Dieulebon hieß, wie alle Findelkinder des Findelhauses in Alençon. Als wir nach Sées gelangten, sagte ich dem Pagen, ich hätte einen Besuch in Château d'Oô zu machen, um ein Schriftstück zu holen, er solle mich in der Herberge erwarten, in der für eine Woche alles bezahlt war, und ich nahm ein neues Pferd, wir aus Le Faoüet sind geübte Reiter, und durchquerte die Ebene von La Ferté-Marcé und befand mich am zweiten Tag morgens in Flers, und ich betrat die Ruinen und versteckte mich in der Apsis der Kapelle, denn dorthin wagt sich niemand wegen der Geschichten, die man von den Gespenstern der Villiers de l'Isle-Adam erzählt. Und nach Einbruch der Dunkelheit machte ich mich daran, den Schatz zu suchen, und ich fand sogleich den Stein, der den Hohlraum verdeckte, und gewahrte, daß er sich um eine Achse drehte, und ich stieß auf die Feder, drückte fest und entdeckte das Geheimnis einer großen eisernen Truhe. Hatte ich richtig geraten oder hatte ich nicht richtig geraten?

Ich lachte schallend, ganz allein. Ich mußte mich auf den Boden setzen, um weiterlachen zu können. Und in diesem Augenblick traten die Herren Grafen von Maintenon mit dem Degen in der Hand herein. Ich trug in der meinen eine Spitzhacke, mit der ich auf die Truhe einhauen wollte. Endlich sehen, wie das Gold herausströmt, ein breiter, zu Boden rauschender Strom von Gold! Und ich verteidigte mich mit der Spitzhacke gegen sie. Ich versetzte der Lampe einen Fußtritt und warf mich wie ein Blitz auf die beiden. Mir wurde bewußt, daß ich im Dunkeln sehen konnte. Es heißt, daß vom Goldfieber Besessene in der Nacht wie am Tage sehen, und es stimmt. Zwei Hiebe genügten. Sie fielen genau am Fuße des Hohlraums zu Boden, in dem sich die eiserne Truhe befand. Um die Truhe herauszuziehen, mußte ich auf sie treten, mich auf das Gesicht des Älteren, des Schnauzbärtigen, stützen. Ich zog und zog an der Truhe, und diese rückte zu mir heran. Sie war überhaupt nicht schwer, sie war leer, leer! Ich lief wie betäubt aus den Ställen. Da galoppierte Oberst de Sauvage mit einer Schwadron Berittener Gardisten durch den Regen heran. An Ort und Stelle nahmen sie mich gefangen. Sie brachten mich nach Rennes, in einem Sack und quer auf dem Sattel eines Pferdes liegend, nur mit dem Kopf draußen. Die Leute in den Dörfern traten vor die Haustüren, und als sie erfuhren, daß es Jean Pleven, der Notar von Dorne war, der in jenem Sack steckte, spuckten sie mir ins Gesicht. Und ich wurde in Rennes von jenem Henker gehenkt, den ich erwähnt habe, mit jenem rauhen und kratzigen Strick aus tarragonischem Espartogras, den ich noch immer zu spüren meine. Und ich bleibe in diesem Zustand, solange im Parlament von Rouen nicht der Prozeß um den Schatz abgewickelt ist, in dem ich so viel verwirrt, verdreht, räsoniert und bezeugt habe, und es fehlen noch eine Verhandlung und

ein gestempelter Expertenbeweis, wozu man ein ganzes Jahr benötigen wird. Und der Prozeß geht weiter, weil behauptet wird, die eiserne Truhe aus dem Hohlraum der Ställe sei eine List des alten Villiers de Flers des Schwarzen gewesen und es existiere ein richtiger Schatz im Schloß. Und die Herren Grafen und der Oberst de Sauvage wußten von meiner heimlichen Reise nach Flers, weil ich auf meinem Bett den Plan des Schlosses vergessen hatte, mit einem kleinen Kreuz in grüner Tinte, welches den Hohlraum markierte.«
Der Notar erhob sich, knöpfte den Rock auf, holte aus der Leibbinde, mit der er die Kniehosen hielt, eine kleine Goldmünze und ließ sie auf dem Boden klingen.
»Die habe ich gerettet«, sagte er. »Es ist eine Karolina zu vier Talern, aus dem Kaiserreich.«

IV

»Der von Euch erwähnte Oberst de Sauvage, der die Berittenen Gardisten der Bretagne befehligte, muß Gaston Febus de Sauvage Villiers de Flers, Vizegraf von Livarot sein, der mit mir am Rhein war, unter dem Freiherrn von Touraine: Er ist klein von Gestalt, hat eine große rote Nase und einen dichten Schnauzbart, und außerdem macht ihm das ›r‹ Schwierigkeiten.«
»Genau das ist er«, antwortete der Notar.
»Also, er war dabei – er führte damals ein Fähnlein der Königlichen Roten aus Flandern –, als man mich im Exerzierhof von Sedan füsilierte, weil ich jenem anmutigen kleinen Mädchen Gewalt angetan hatte, das mir von einem Fenster des Gutshofes der Herzöge von Bouillon zuzuschauen

pflegte, wenn ich ein Pferd zuritt. In Wirklichkeit verhielt es sich so, daß sie mich gewähren ließ, und wenn sie in meinen Armen starb, dann muß ein Kollaps Schuld daran gewesen sein, und die Quetschmale, die man an ihrem Hals fand, kamen nicht dadurch zustande, daß ich sie erstickt hätte, sondern dadurch, daß ich sie rüttelte, um sie ins Leben zurückzurufen, damit sie wieder zu Atem käme. Vielleicht war ich verstört und rüttelte ein wenig mehr als nötig. Es kam wirklich alles Schlag auf Schlag, seitdem ich mit den Füsilieren des Hauptbataillons der Normandie plündernd in die Stadt Breisach eingezogen war.«

»Aus den Liedchen, welche die Soldaten der Rheinarmee in Audierne sangen, ging hervor, daß Euer Gnaden, Herr Oberst, dem Mädchen das Band Eures Filzhutes in den Mund gestopft habt, damit es nicht schrie. Es hieß, das Band sei blau gewesen und aus Seide, und das Mädchen zwölf Jahre alt und leicht wie eine Feder«, versicherte Madame de Saint-Vaast.

»Gardez-moi, mon Dieu, des vents,
suis-je une rose, suis-je un œillet. –

Das legte der Blinde von Dorne dem Mädchen in den Mund«, sagte der Notar.

»Auch ich habe in Pontivy einen Anschlag gesehen, auf dem Marktplatz, und darauf sprang der Herr Oberst vom Pferd in das Fenster«, sagte der Kantor.

»Da sieht man mal wieder, daß die Leute in der Bretagne nicht wissen, worüber sie reden sollen«, fiel Oberst Coulaincourt hochmütig ein. »Und wer ist der Herr Kantor mit niederen Weihen, um sich in den Disput erlauchter Toter einzumischen?«

Der Kantor stammelte ein paar entschuldigende Worte und schluckte seinen Ärger hinunter.

»Bin ich mit gefälltem Bajonett in Breisach eingezogen oder nicht?« fuhr Oberst Coulaincourt de Bayeux fort. »Ich ritt meinen La Garde, meinen Bleß. Bevor wir die Brücke überquerten, verbrannten wir die Windmühlen. Nachdem das Tor aufgesprengt war, zogen wir ein, und dabei sangen wir ›Tonnerre, tonnerre de France‹ in den engen Gassen und verbrannten und töteten alles, was wir fanden. Als ich im Galopp auf den Platz gelangte, hatten meine Soldaten die toten Kaiserlichen aufgereiht, der Kopf des einen an den benagelten Schuhsohlen des anderen, damit ich wie ein neapolitanischer Seiltänzer auf seinem Seil über sie hinwegbalancieren konnte. Die Pikkoloflöten gaben mir den Takt mit dem Oberstmarsch. Einer der Toten trug noch seine Sturmhaube mit den Federn in den kaiserlichen Farben, und mein La Garde riß sie ihm mit einem Biß aus. Die Soldaten riefen, mein Bleß habe den Teufel im Leib. Ich begab mich in das Schloß, das leer war, aber beim Plündern entdeckten meine Normannen in einer verborgenen Kammer die Frau und die vier Töchter des deutschen Gouverneurs; die Mutter weinte um den Ehemann, der bei der Verteidigung der Brücke umgekommen war, und die Mädchen um ihre toten oder geflohenen Bräutigame. »Und von wem werden wir jetzt Kinder gebären?« war das einzige, was die Mutter zu rufen imstande war. Das empörte mich. »Gibt es hier nicht einen Fürsten aus der Bretagne?« rief ich aus. Die Mutter war die erste, und dann, dem Alter nach, die vier Töchter. Und sie verweigerten sich nicht. Sie hielten den Mund und ließen es mit sich geschehen. Allerdings waren sie ein bißchen arg verschwitzt. Die Soldaten um uns herum riefen laut, sangen, begossen uns mit Wein, schossen mit ihren Gewehren, läuteten Sturm mit den Glocken der Kirche der heiligen Brigida, und mein La Garde wieherte und schlug aus wie beim

Angriff auf offenem Feld inmitten maigrüner Wiesen. Dies war der Beginn einer Orgie, die sieben Tage dauerte. Als ich wieder zu mir kam, mußte ich das Hauptbataillon auf dem Platz dezimieren, denn die Normannen waren verrückt geworden. Der Marschall der Touraine befahl mir, mich als Ersatz nach Sedan zu begeben. Und dann passierte das mit dem Mädchen am Fenster. Ein Irrtum.«
Während der Oberst sprach, hörte er nicht auf, den Degen aus der Scheide zu ziehen und wieder hineinzustecken. Er griff nach dem Bierkrug, aber es war kein Tropfen mehr darin. Er zerschmetterte ihn am steinernen Kopf des Abtes auf dem Grab. Dieser Kraftakt schien ihn zu beruhigen.
»Ich hatte in der Bretagne, im Schloß von Caradeuc, vertraglich geregelt und firmiert, eine Tochter des Admirals de Erquy zurückgelassen, und die Hochzeit war für den Tag des heiligen Andreas festgesetzt, wenn die Armeen des Königs ihr Winterquartier im Elsaß beziehen würden. Und mein ganzes Sinnen und Trachten war darauf gerichtet, tot oder lebendig nach Caradeuc zu gelangen, um mich an das Geschriebene zu halten, und außerdem hatte ich immer den Gedanken gehegt, einen Sohn zu haben, der auf dem Majoratsgut in Bayeux mein Erbe antreten würde. Und ich begann einen Handel mit dem Teufel, am Abend vor der Füsilierung. Er war ein ruhiger Mann, nannte sich Ismael Florito und befand sich auf dem Weg von Polen nach Irland, auf der Flucht vor der Beulenpest, von der man sagte, sie breite sich in Windeseile aus. Wir verabredeten, daß ich eines Tages, nach meinem Tod, in die Bretagne kommen sollte: er würde es so einrichten, daß ich mit meiner Dame ein Federbett hätte, und mich nach einer Woche wieder abholen, um mir dort unten, in den Küchen des alten Drachen, einzuheizen. Und so war es, und alles wurde aufs beste vorbereitet, und

meine Dame, Catherine de Erquy, von der Sehnsucht nach mir getrieben, die sich in ihrem Herzen angesammelt hatte, ließ mich des Nachts zur Tür herein. Es muß gesagt werden, daß diejenigen, welche mit dem Teufel paktieren, ebenso wie Satanas und seine häßlichen Erscheinungsformen nicht auf natürliche Weise zeugen, sondern den Samen mit den Fingern an seinem Ort deponieren müssen. Als ich mich früh am Morgen erhob, denn ich mußte tunlichst vermeiden, beim Hinausgehen im Schloß gesehen zu werden, wollte mir meine Dame Catherine, weil sie mich so sehr liebte und so großen Gefallen an mir fand, eine Taschenuhr mit dem Wappen derer von Erquy schenken und steckte sie mir in die Westentasche oder was sie dafür hielt, denn es war nichts anderes als das Loch, das mir eine Gewehrkugel im Exerzierhof von Sedan aufgerissen hatte. Die Uhr ging vorne in mich hinein und kam hinten beim Rückgrat wieder heraus und sprang auf dem Boden in Stücke. Im Licht des Morgengrauens erblickte Catherine auf meiner Brust die elf Löcher der elf Kugeln, die mich getroffen hatten, und da fand ich den Mut, ihr zu sagen, daß ich tot war. Sie fiel ohnmächtig zu Boden, und ich floh, denn Leute kamen herbei. Ich begab mich zum Wegkreuz von Montmuran, wo ich mich mit Ismael Florito verabredet hatte, und die Woche ging vorbei, und er kam nicht, und am Tag war ich ein Mensch und in der Nacht faules Fleisch. In einer selten windigen Nacht kam einer zu Pferde vorbei, fragte mich, ob ich der verstorbene Oberst Coulaincourt de Bayeux sei, und richtete mir aus, Ismael Florito werde mich erst in zwölf Jahren und einem Tag abholen, man habe ihn nämlich in Liverpool als Falschmünzer verhaftet, und er sitze im Gefängnis Ihrer Gnädigen Majestät mit einer Eisenkugel am Fuß, und da auf der Kugel ein Kreuz eingraviert sei, könne er sich nicht befreien, aber ich solle mir das Warten mit Spazierengehen vertreiben, und er sende mir schriftlich, was ich tun dürfe und was nicht, um dieses Vagabundenleben angenehm zu verbringen. Und hier lasse ich es mir wohlsein und walte als Kassenführer dieser Familie, und wenn mir ein Louis ausgeht, ist am nächsten Morgen ein neuer in der Tasche. Und ich bin sehr zufrieden, denn die Dame von Erquy hat zu seiner Zeit ein Kind geboren, das als der Bastard von Château-Caradeuc bekannt ist, und er ist für die Kadetten des Königs vorgemerkt, sobald er sein zwölftes Lebensjahr vollendet hat, und meine Tante aus Bayeux hat das Kind in der Kammer für Adelsangelegenheiten zum Majoratserben von Bayeux einsetzen lassen, ich bin ihr nämlich eines Morgens erschienen, als sie zur Messe ging, und habe ihr diesen ganzen Roman erzählt. Und das hat man nun davon, wenn man in Spottversen und auf Anschlägen herumgeistert: Wollte meine Tante doch mit Gewalt von mir genommen werden, um herauszufinden, ob ich wirklich der Vergewaltiger Coulaincourt war!«

V

»Die Geschichte, die ich erzählen werde«, sagte Monsieur de Nancy, während er aufstand – er war ein eher mickriges und nervöses Skelett –, »wäre in einigen Passagen nicht sehr geeignet für die Ohren von Madame de Saint-Vaast, wenn sie lebendig wäre, aber da sie tot ist, macht es nichts, denn ich werde sie mit meinen Erzählungen nicht mehr erregen, und es stimmt auch nicht, daß ich mich erotischer Waffen rühmen werde, wenn ich von meiner ersten Jugend berichte. Meine Mutter, die aus dem Hospiz von Beaune nach Dijon gekommen war, wo man sie bei den Kapuzinern von Saint-Maximien untergebracht hatte, um deren Beinkleider auszubessern, landete nach verschiedenen Amouren als Mündel in einem verrufenen Haus, das ein Frisör aus Marseille in der herzoglichen Stadt hinter dem Ort führte, wo man das Fleisch abwog. Ich wurde geboren, und man wußte nicht, von wem, denn damals hatte meine Mutter keine feste Liebschaft, und der Frisör aus Marseille meinte, ich sei von irgendeinem armen Diebshehler, aber sie bestand darauf, ich müsse von einem alten Schankwirt sein, der in einer Regennacht zu ihr gekommen sei und sogar einen zweikrempigen Kapotthut verloren habe, und meine Mutter führte als Grund an, ihr sei von jenem Tag, mit Verlaub, ein abendlicher Erstickungsanfall mit Schwindelgefühl zurückgeblieben, der sie erkennen ließ, daß sie in anderen Umständen war. Wäre der Schankwirt nur dem Wein zugetan oder jung gewesen, hätte er vielleicht nicht an die Indizien geglaubt, die ihn als nachgerade beurkundeten Kindsvater auswiesen, aber da seine Vorliebe Schnäpsen und Ratafias galt, war aus ihm ein alter, abgelebter Greis geworden, und seine einstige Frau hatte ihn wegen eines Dragonerhauptmanns verlassen, mit der Begründung, er erfülle ihr gegenüber nicht seine eheliche Pflicht ...«

»Welche in Lothringen ein Rechtsgrund ist«, bemerkte der Notar von Dorne. »Mit Erlaubnis der Anwesenden, der römische Text sagt: ›Nox plaena in hebdomada‹, was übersetzt wird mit ›einmal wöchentlich‹, mindestens.«

»Dem Schankwirt, sage ich«, fuhr der lothringische Henker fort, »fiel es leicht, an das Verdienst zu glauben, daß er mich an einem Herbstabend und ohne viel Aufhebens verfertigt hatte, und er sagte ja, so verhalte es sich, und er erkannte mich sogar an meinem Haar, das schwarz und dicht war, in allem ähnlich dem eines Bruders von ihm, der seit neun Jahren die Stellung von Monsieur de Nancy innehatte, im Auftrag des Gerichts von Lothringen, und der sehr geschätzt wurde, weil er fröhlich war, denn jedesmal, wenn er jemanden auf dem Platz aufknüpfte, winkte er von dem aufgebauten Schafott aus den Bekannten und rief den Damen des Adels ein paar Scherzworte zu. Da meine Mutter eine Partie in Form eines deutschen Straßenhändlers gefunden hatte, der in den Städten Burgunds die Neuheit einer Diebslaterne vorführte, ließ sie mich in der Schenke bei dem Schankwirt – von dem ich noch nicht gesagt habe, daß er Colet hieß, mit Spitznamen Bottich –, der meine Flaschen von kleinauf mit einem Drittel Rotwein und meinen Brei mit einem mittelgroßen Glas Muskateller bereicherte und mich auf das Fäßchen Ratafia aus Besançon setzte und der Kundschaft zeigte, wobei er mir die Unterhose herunterzog und rief: ›Ist er nicht ein Pistolero, mein kleiner Schatz?‹ Das fand großen Beifall, und Colet alias Bottich nutzte dies, um mittels meiner Schamteile daran zu erinnern, daß er nicht so kastriert war, wie die Frau behauptet hatte, denn da war das Erbteil, und von nichts kommt nichts. Und im Gedanken an diese Begebenheit habe ich vorhin gesagt, man möge mich nicht für einen Angeber halten.«

Monsieur de Nancy nahm aus dem Döschen eine Prise Schnupftabak, aber dieses Mal bot er nichts an, weil ihm vielleicht keiner mehr blieb oder weil er so in die Erinnerungen versunken war, daß er es vergessen hatte, schnupfte dreimal, und harrte, das Taschentuch in der Hand, des Niesens. Dieses kam ihm sehr bequem und in Abständen, und er säuberte sich und fuhr sich mit dem Taschentuch auch über den Kopf, als würde er schwitzen: Gewohnheiten, die aus dem Leben stammen.

»Ich war, über den Daumen gepeilt, etwa siebzehn Jahre alt und ein schmucker Bursche geworden, als eines Morgens einer in der Schenke erschien, der wie ein vornehmer Herr aussah. Er kam in der Postkutsche von Lyon mit zwei Dienern und stellte sich als Nachfolger meines Onkels in Lothringen vor, des Bruders meines Vaters Colet, den putativ zu nennen mich in der Zwischenzeit ein Sakristan der Klarissen-Terziarinnen von Sankt Leokadia gelehrt hatte. Der neue Monsieur de Nancy brachte meinem Vater Colet eine silberne Uhr, einen Stockdegen und die Schautafel mit den Schlingen der königlichen Galgen, eine sehr verdienstvolle Zeichnung, mit der mein Herr Onkel, der vermutlich ebenfalls putativ war, meine ich, die Anstellung bekommen hatte, was, neben einem Hund, der auf den Namen »Mystère« hörte, und zwölf flämischen Pfund, die er einer Gräfin auf einen Aviso aus Pondichéry an der Koromandelküste hin geliehen hatte, das gesamte unverpfändete Erbe darstellte. Colet weinte, denn am besten weint es sich in den Familien um diejenigen, die es zu etwas gebracht haben, und hatte nichts dagegen einzuwenden, daß ich mit dem neuen Monsieur de Nancy fortzog, sowohl um an der Seite der erwähnten Gräfin zu sein, wenn sie frisches Geld bekäme, als auch weil der Herr Henker, der ein sehr höflicher Mann war, mich als bezahlten Lehrling aufnahm. Schon bald konnte er sich auf mich verlassen, denn den größten Teil des Tages gab er sich dem Vergnügen hin, im ›Gil Blas‹ zu lesen und Strümpfe zu stricken, und sie gelangen ihm sehr nach Maß, anmutig mit Blumen und Vögeln bestickt; und in jener Zeit und weil viel von Giften gemunkelt wurde, gab es viel Arbeit, und ich lernte den Beruf sehr leicht, und man staunte vom ersten Tag an, wie locker ich mich vor dem Publikum auf dem Schafott bewegte, und großen Beifall fand eine Erfindung, die mir eingefallen war, denn ich löste das Eisen der Falle mit einem geräucherten Stock aus Malakka, den mir jene mit dem Aviso winkende Gräfin zum Geschenk gemacht hatte, während ich, ohne in der Taille einzuknicken, in den Himmel schaute. Mein Lehrherr ärgerte mich ein wenig, denn er nannte mich einen eingebildeten Schwachkopf. Ich ging ein und aus bei der Gräfin mit den zwölf flämischen Pfund, und da sie sah, wie fröhlich ich die Schlingen der Schautafel meines Onkels knüpfte und andere, die ich erfand, bat sie mich, ich möge sie an ihrer Leibwäsche ausprobieren, als da sind Unterrock, Korsett, Puffleibchen und alles übrige, was sich drunter befindet und mit Schnur oder Band zusammengehalten wird; ich half also, die Gräfin zu kleiden, die dick und großbusig war, sehr weiß und sehr kitzlig, und aus meiner Anstellung als Anzieher wurde bald eine Anstellung als Auszieher, denn damit sie mich zu später Stunde rufen mußte, verfertigte ich ein paar Knoten, die niemand lösen konnte. Zu dieser Zeit erkrankte Monsieur de Nancy an einem hinterhältigen Husten und konnte das Bett nicht verlassen, in dem Schluckauf und Schleimauswurf ihn große Nöte ausstehen ließen. Als er starb, fand ich mich ohne Umstände als Inhaber seines Postens wieder. Beim Verlassen der Kammer, wo ich die Beglaubigungen abgeholt hatte, dankte ich Gott, daß ich in so kurzer Zeit und auf so ergötzliche Weise ein brauchbarer Mensch geworden war!«

Monsieur de Nancy wurde ein wenig nachdenklich und erklärte, während er die linke Hand in das Licht der Lampe hielt:

»Von dem eisernen Ring mit dem lothringischen Wappen, den sie mir gegeben haben, ist mir ein Knöchelchen dieses Fingers ein wenig verrostet.«

Der Notar von Dorne war der einzige, der sich für diesen Eisenrost interessierte, wobei er darauf hinwies, daß er selbst an seinen Fingern niemals etwas anderes als gestempeltes Gold getragen habe.

»Ich, Herr Notar, war durch meinen Beruf dazu gezwungen. Bald darauf zog ich in ein Häuschen am Platz der Laterne, und da die Frau Gräfin in jenen vier letzten Jahren das angekündigte Geld aus Pondichéry an der Koromandelküste nicht erhalten hatte, war sie nicht abgeneigt, als Haushälterin zu mir zu kommen, denn vom Heiraten, wie sie mich bat, wollte ich nichts wissen, weil sie sehr herrschsüchtig war. Man stelle sich vor, ich wäre in dem Haus des Frisörs aus Marseille mit dem Grafentitel vorstellig geworden, um nach Blanche zu fragen, welche meine Mutter war – was hätte das für einen Aufruhr gegeben! Aber die ganze Ruhe, die ich in meinem Haus genoß, das noch dazu von dem verstorbenen Colet alias Bottich ererbt war, ging bald zum Teufel. Die Sache war die, daß man in Bar-le-Duc einen faßte, von dem es hieß, er sei der Ewige Jude, was man daraus schloß, daß er Münzen mit dem Abbild Neros in der Tasche trug, den ganzen Körper mit Buchstaben der Kabbala bemalt hatte und in einer großen Kiste Dinge für geheime Verwendungen bei sich trug: einen Spiegel, mit dem man des Nachts in hebräischer Sprache sprechen konnte, was ein Prälat bezeugte, der auf einem tauben Maultier aus Paris gekommen war, das einen sehr gemütlichen Schritt hatte und Catherine hieß; eine Schere, mit der man Frankreichs letztem König dereinst die Stirnfransen abschneiden sollte, was ein großer vorbedachter Verrat war, wurde damit doch zum Ausdruck gebracht, daß die Krone am Ende war, und auf der Schere standen Zeichen, die besagten: ›Ich gehörte Judas Ischariot‹; er besaß auch Kerzen, die sich von allein entzündeten, und scharfe Balsame, um heimlich Gold zu machen. All das war in aller Munde. Man faßte also, sagte ich, den Ewigen Juden, und unterwarf ihn der Wasser-, Feuer- und Seilfolter, und er gestand seine Verbrechen in allen Einzelheiten, dieses und jenes, daß er jahrelang nichts aß noch trank, daß er siebenundzwanzig Meilen an einem Tag ging und daß er, wenn er mit heruntergelassenen Hosen das Arschloch an eine Wand preßte, sehen konnte, was in den Häusern geschah. Das war es, glaube ich, was die Herrschaften von Lothringen am meisten aufbrachte, denn der Angeklagte beschrieb sie alle in Leibwäsche und ob sie abnehmbare Teile hatten. Der Galgen war also wie für ihn gemacht, und nachdem er gehenkt worden war, mußte er wegen Verrats des Königs gevierteilt werden. Aber letzteres« – fügte Monsieur voll Ekel hinzu – »war nicht meine Sache.«

»Das ist ja auch ein Beruf mit königlichem Bestallungsbrief unter vielen«, sagte der Notar.

»In Rouen pfiff der Herr Vizegraf von Kerjean den Pferden, wenn einer gevierteilt wurde, und die Familie des Toten sah es als besondere Aufmerksamkeit an, wenn dieser Herr sich einfand. Sie zeigten sich immer sehr erkenntlich«, bezeugte Coulaincourt de Bayeux.

»Ich war bei meiner Geschichte«, fuhr de Nancy fort. »Es traf sich, daß ein paar Tage vor der Hinrichtung eine Dame zu uns ins Haus kam, die versuchte, Ahasver vor dieser Verlegenheit zu retten, und mit barem Gold bezahlen wollte, daß man ihn mit einem anderen austauschte, und sie hatte bereits an einen Böhmen gedacht, der einen Falken besaß, mit dem er durch Burgund und Lothringen zog und sich seinen Lebensunterhalt verdiente, indem er ihn losließ, um an Wetterfahnen aufgehängte Stofftauben zu jagen, und der, ständig betrunken, unter der Brücke von Brille schlief.

Da meine Marquise keine Neuigkeiten aus Pondichéry an der Koromandelküste erhielt und die Philosophie, die im Schwange war, bereits erkennen ließ, daß meinen Künsten magere Zeiten bevorstanden, und bereits von einem Arzt gemunkelt wurde, der ein großes Messer erfunden hatte, das mit gewaltiger Wucht auf den Hals des Verurteilten niederfiel, ließ ich mich von dem Säckchen Gold verführen, das man mir wie beiläufig auf den Tisch warf.«

»In welcher Währung?« fragte der Notar neugierig.

»In ungarischen Dublonen, eine Währung, die sich nicht abwerten läßt. Alles klappte bestens: Ich bestach einen Wachtmeister der Polizei, und in einer feuchtfröhlichen Nacht in der Wachstube des Schlosses, die auf Rechnung meiner Börse ging, brachten wir den Böhmen dorthin, wo Ahasver sich befand, der nach den Proben, auf die man ihn gestellt hatte, weder am Fleisch noch an der Farbe erkennbar war, und es kam der Morgen der Hinrichtung, und wir brachten den Böhmen zum großen Platz, mit einer Kapuze, die sein Gesicht bedeckte, sie war aus Merinowolle, und das ist ein Privileg, das in Lothringen jenen zukommt, die am Galgen sterben, wofür sie allerdings den Henker bezahlen. Und der Böhme hing schon tot am Galgen, als über dem Platz, der aufgrund des Regens weniger als halbvoll von Menschen war, sein Falke auftauchte, den wir vergessen hatten, und dorthin flog, wo sein Herr baumelte, und ihm mit einem Hieb seiner Klaue die Kapuze herunterriß und mit ihr davonflog. Andere Böhmen standen am Fuß des Galgens, um die Kleidung des Verstorbenen zu ersteigern, und sie erkannten ihren Landsmann und begannen laut den Betrug zu verkünden; und obwohl mich die Grenadiere des Königlichen Regiments der Auvergne schützten, trafen sie mich mit einem Messer ins Genick, und ich fiel mit der Nase auf den

Boden. Ich war tot … Meine Mühsal besteht darin, daß ich hier umherziehen muß, bis dieser Ahasver nach Rom gelangt, wo er ein Spiegelgeschäft eröffnen wird, und nicht er ist der eigentliche Ewige Jude, sondern ein Vetter von ihm, ein Sichelschleifer in Jericho, und dem hatte er ein wenig Geld geliehen, und er verfolgt nun den wahren Ewigen Juden, und alle sieben Jahre ruht er sich weitere sieben Jahre aus, mehr als alles andere, um den Betrag des Kapitals und der Zinsen zusammenzurechnen, darin ist er sehr gewissenhaft. Wenn er nach Rom kommt, was im nächsten Jahr der Fall sein wird, werde ich in mein Grab zurückkehren können, aber einstweilen muß ich ihm als Zeuge gegenüber dem Ewigen Juden dienen, daß er der Vetter ist und nicht in Nancy gehenkt wurde, denn das glaubt der wahre Ahasver, und daß damit die Schuld bereits gelöscht ist. Mein Schleifer ist ein sehr gefälliger Mann. Er tritt mir auf den Wegen entgegen und gibt mir kleine Beutel mit Schnupftabak aus Lyon. Ich war immer ein fideler Geselle, aber jetzt bin ich nur noch griesgrämig, denn es ist bekannt, daß den Henkern, wenn sie einmal sterben, das Lachen verboten ist. Wer hätte es ahnen können, dieses *prohibitus*, wo ich doch so nah am Lachen gebaut hatte in den anderen Gefilden des Lebens!«

VI

»Mein Vater«, begann der Medikus Sabat seine Erzählung, und seine Stimme klang gebieterisch, obwohl er müde und beinahe widerwillig sprach, »kam aus England nach Frankreich, um dem amerikanischen Mister Franklin eine von ihm erfundene Spieldose abzukaufen, welche ›die große Harmonika‹ genannt wurde. Der Ariston ist nichts dagegen.«

»Der Ariston ist sehr vielseitig«, bemerkte der Kantor.

»›Die große Harmonika‹ funktioniert mit einem Rad und ist wie eine feierliche Orgel, Herr Bombardin. Der Herr Franklin, der den Blitzableiter erfunden hat, konnte als Musiker schließlich nicht die Pfeife eines Schweineschneiders erfinden! Mein Vater führte sein Kapital in seiner Börse und in Form eines Wechsels für einen Bankier in Caen mit sich, und dort nebenan, in Mezidon, befand sich Mister Franklin und suchte mit Wetterfahnen und kleinen Ballons nach der Kunst, den Funken anzulocken. Kaum waren wir, mein Vater und ich – meine Wenigkeit ein Grünschnabel von vierzehn Jahren –, in der Stadt Caen angekommen, geschah es, daß mein Vater an einem Lebertumor erkrankte, seine Galle schwarz und melancholisch wurde, er sich zweimal übergab und verstarb. Wir logierten im Haus eines vage verwandten Arztes, der mir riet, ich sollte mit dem Geld und dem Wechsel meines Vaters lieber nicht ›die große Harmonika‹ kaufen, sondern, da er eine große Kundschaft besitze, in Montpellier auf Arzt studieren und nach Rom gehen, um die Wissenschaft des Laudanum zu lernen, und wenn ich nach Caen zurückkehrte, würde er mich an Kindes Statt annehmen und die Kundschaft an mich weitergeben. Ich sagte ja zu allem, zeigte mich dankbar und begab mich mit vielen Empfehlungen nach Montpellier. Dort erregte ich Aufsehen, sowohl weil ich als reich galt, als auch weil ich Engländer war, und ich verbreitete, daß ich dem katholischen Adel des Exils entstammte, Lord John Sabat of Howe, aber auch meines robusten Körperbaus und meiner schnellen Auffassungsgabe wegen. In vier Jahren erlangte ich den Grad eines Arztes und ich hängte noch ein Semester medizinische Flora an und von sich reden machte eine Denkschrift, die ich über das ›Folium Dictamini cretensis‹ als Mittel gegen Verletzungen von blanker Waffe erstellte, und ich war der erste, der in einem Traktat das ›electuarium quinae ferruginosum‹ erläuterte. Ich verkündete, daß ich nach Rom gehen würde, um die Wissenschaft des Laudanum zu erlernen, aber ich ließ durchblicken, daß ich mich dort mit Politik beschäftigen und mich praktisch zum englischen Thronerben ausrufen würde. Ich gab sogar vor, daß ich Briefe erhielt, auf denen die Anschrift stand ›An den Chevalier Saint George, in Montpellier‹.«

»Wir Angeber sind alle gleich«, bemerkte der Notar.

»Darüber entscheiden die Launen der Phantasie. Da ich nun in der Zunft von Montpellier zugelassen war – der Faden meines Baretts war aus feinem gekräuseltem Gold – und mich von einer Witwe verabschiedete, die mir heimlich als Logis gedient hatte, sagte diese zu mir, sie habe nie einen Pfennig von mir verlangt, da sie mich als ihren Geliebten betrachte, sie habe es auch nicht nötig, denn ein römischer *nepote* von ihr, der alle zwei Jahre zur Wallfahrt nach Rocamadour komme, versorge sie mit allem, und ob ich wollte, daß sie mir ein paar empfehlende Zeilen für diesen *nepote* mitgebe, der Don Juvenilio Caraffa hieß und sehr bekannt war in Rom. Und alles, worum meine Witwe mich bat, war, daß ich sie als Haushälterin mitnehmen sollte, wenn ich eines Tages in England herrschen würde, und daß ich ihr das schriftlich geben sollte. Ich gab ihr schriftlich, was sie wollte, und ich bestimmte ihr sogar die Bezahlung für jene Kalenden. Ich begab mich also nach Rom und wurde sehr gut aufgenommen von Don Juvenilio, der ein sehr lustbarer und mokanter Alter war und die Gewohnheit besaß, von kleinen Mädchen zu sprechen und ihre Gesellschaft zu suchen. Was den Einfluß betraf, so beeinflußte er nichts mehr, würde ich sagen. Don Juvenilio zeigte mir ein sehr altes Buch, das sich in seinem Besitz befand und das Cesare Valentino einem Urgroßvater von ihm, einem Visconte di Modrone, zur Aufbewahrung gegeben hatte und das die Wissenschaft der geheimen goldenen und thermischen Gifte enthielt, und da ich ihn sehr darum bat, ließ er es mich in seiner Kammer lesen und in Anmerkungen die Zusammensetzungen notieren. Heimlich vergiftete ich Katzen, Hunde, Tauben, Kaninchen, Bäume und Wurzeln und lebte nur noch dem Vergiften. Eines Tages vergiftete ich Don Juvenilio Caraffa, um das Buch von Valentino zu behalten, und danach, zur Zerstreuung, ein paar unbedeutende Leute, deren Verschwinden nicht weiter bemerkt wurde. Auch in Rom galt ich als reicher und geheimnisvoller Engländer, und ich denke mir, daß ein irischer Geistlicher, der mich besuchen kam, von der päpstlichen Polizei gesandt war, um herauszufinden, wer jener so herausragende Herr aus England war, welche Politik er verfolge und wo er die Börse füllte, denn er zückte sie leicht, und nie war sie leer.«

»Ich träumte von einer solchen Börse und ließ mir eine aus Otternleder, mit Wolle gefüttert, machen«, schaltete sich der Notar ein. »Ich tat einen Peso aus Acapulco und eine Goldlira aus Pisa hinein, um zu sehen, ob sie Junge machten. Das Gold ist der geheimnisvollste Nachbar des Menschen – man weiß ja nie! Aber es hat wohl keine Unzucht stattgefunden.«

»Das wäre eine famose Familie, Herr Notar! Ich sagte also, daß die Giftversuche mich nicht schlafen ließen, und da ich mich als Engländer von so hohem Blut ausgegeben und so viele geheime politische Unterredungen mit mir geführt hatte, glaubte ich mir schließlich selber und dachte schon daran, nach England zu gehen und mich dort dem Vergiften zu widmen und mit einem großen Vermögen, das ich aus Rom mitzunehmen gedachte, an den Wegen und in den Städten eine Armee auszuheben, und sah mich mühelos zu John Sabat, König von England, gesalbt. Das Vermögen würde ich in Rom zusammenbringen, indem ich eines Morgens die Brunnen vergiftete und in die Häuser der reichen Toten ginge, um Diamanten, Perlen und Gold zu holen. Um diesen Schatz einzusammeln, zog ich einen Wächter ins Vertrauen, der in San Lorenzo fuori le mura angestellt und einst ein großer Bandit gewesen war und jetzt ein Büßerleben führte, aber, wie man sagte, weiterhin Patron der Taschendiebe, kleinen Gauner, *bidonisti* und sonstiger Spezialisten der römischen Unterwelt war. Der Wächter, ein altes Rauhbein mit einem Hinkefuß, zögerte, sich meinen Wünschen zu fügen, welche dahin gingen, daß er mir am Morgen der Vergiftung vierundzwanzig seiner aufgewecktesten Leute als Diener geben sollte, die anteilsmäßig für mich arbeiten würden. Um etwas zu versprechen, versprach ich, daß die Anteile von der großen Kanzel in San Giovanni in Laterano aus vergeben würden und das Maß das lombardische Getreidemaß wäre, welches als einziges in Italien nicht gestrichen voll ist. Ich drang so sehr in den Alten, um ihn zu überzeugen, ich brachte ihm abends Geschenke in Form von feinen Getränken und ›fettucine‹ in Butterschaum und ›fritto misto‹ – die ihn vor lauter Gier geifern ließen –, und ich erzählte ihm so viel von meinen Geschichten, daß ich von Richard Löwenherz abstammte, über welchen König er einen Roman gelesen hatte, und daß ich einen Generalstab aus Briganten in England einrichten würde, mit dem Ziel, die Welt zu erobern, daß jener Hinkefuß, der Signor San Giuseppe hieß, zu dem Schluß gelangte, das beste sei, wenn man schon die Brunnen von Rom vergiftete, auch gleich die des Vatikans und des Quirinals zu vergiften, vor allem einen, der sich auf dem Gianicolo befindet, im Kreuzgang von Sant' Onofrio, von dem man dem Papst jeden Morgen einen Krug für seinen Durst brachte. Der Alte sagte nichts davon, aber ich erkannte wohl, daß er sich in Windeseile in den Tragsessel setzen und mit der Tiara zu schmücken gedachte. Am Anfang widerstrebte mir das, aber ich war durch meine Träume verblendet, und was machte es mir schon aus, der ich im Protest in England geboren war, wenn dieser Kalabrese Papst wurde? Und eines Abends, als er mich fragte, ob ich mit meiner Wissenschaft und meiner Erinnerung an die römischen Geschichten wüßte, ob es irgendeinen hinkenden Papst und mit welchem Bein gegeben habe, legte er die Karten auf den Tisch. Der Herr San Giuseppe hatte als zweiten Anführer der Diebe einen gewissen Nettuno, der auf der Brücke der Engelsburg arbeitete und im Sommer auf der Piscinula und auf der Tiberinsel neben der Kirche des heiligen Bartholomäus, und dieser Nettuno war Diener eines Schneiders der Rabbiner der Synagoge gewesen, die sich gleich neben seinen sommerlichen Ernten, an der Fabrizius-Brücke befand, und der Schneider erzählte seinem Diener Nettuno, daß in einem Brunnen an dem Ort, wo sich einst Neros Nymphäum befand, ein goldener Altarleuchter verborgen war, und wenn es einen neuen Papst gibt, dann steigt in der Nacht der älteste Geistliche Roms in den Brunnen, und die Wasser hindern ihn nicht, und nimmt den Altarleuchter und bringt ihn, brennend, zum Vatikan, und wenn der neue Papst in seinem Licht eine zufällig aufgeschlagene Stelle im Neuen Testament liest, dann ist es der wahre Papst. Hätte Nettuno doch niemals diese römische Geschichte erzählt, denn der alte Hinkefuß setzte sich in den Kopf, daß man den Altarleuchter rauben und seine Kerze auswechseln müßte, damit man ihn nicht entdeckte, wenn er Papst würde. Ich war noch närrischer als er, als ich mich erbot, guter Schwimmer, der ich war, in den Brunnen des neronischen Nymphäums hinabzusteigen und den Altarleuchter zu holen. Und dorthin begab ich mich eines Nachts, mit einem Barbier des Majors der Schweizergardisten, der ebenfalls zur Bande gehörte und ein bezahltes Auge des Botschafters von Portugal war und den Brunnen und seine Eingänge kannte, denn eine Tante von ihm hatte an diesem Ort gelebt und die Häute der Katzen aus dem benachbarten Kolosseum gegerbt. Rasch fanden wir den Brunnen; die Nacht war eine mit Bedacht gewählte Vollmondnacht und das Wasser ein großes Auge in der Tiefe. Als der Mond punkt zwölf im Wasser glänzte, sah man deutlich den Altarleuchter, der an die Brunnenwand gelehnt war, weniger als dreiviertel unter Wasser, und es war ein grünes, leuchtendes Gold. Ich stieg langsam hinunter, an ein Seil geklammert; es war etwas kurz, und ich mußte es loslassen, als das Wasser mir bis zur Taille reichte. Ich sagte ja schon, daß ich ein guter Schwimmer war und im Meer aus einer Tiefe von mehr als sieben Ellen Sand vom Grund holte. Ich tauchte in jenes Wasser ein, das lau war, und der Altarleuchter erhob sich, als ich mich ihm näherte. Bei einer Drehung ergriff ich ihn, und dann konnte ich ihn nicht mehr loslassen. Der Altarleuchter zog mich auf den Grund, immer tiefer. Mein Kampf mit dem Altarleuchter muß Stunden gedauert haben; schließlich schlug er mich mit dem Sockel an die Brust und löste sich von mir. Ich sah ihn aufsteigen, genauso wie die Sonne im hellen Morgendämmer im April und Mai aufgeht. Ich lag am Grund des Brunnens, besiegt. Ich war ertrunken. Und was es nicht alles gibt! Kaum war ich ertrunken, ein schlammbe-

deckter Toter im Brunnenschacht, wollte alles in mir sagen, so als könnte ich es herausrufen: ›Der König von England ist ertrunken! Große Neuigkeit für die Gazetten!‹«
Der Medikus knöpfte den Rock und das Wams auf und zeigte auf seinem Hemd einen Blutfleck, der schon schwarz war.
»Hier hat der Altarleuchter mir den Schlag versetzt. Neben mir, auf dem Grund des Brunnens, saß ein nach antiker Art gekleideter Jüngling auf einem großen Marmorstein. Er stützte die Ellbogen auf die Knie und das Gesicht in die Handflächen. Bestimmt saß er seit vielen Jahrhunderten dort. Er richtete einen starren, sehr ernsten Blick auf mich. Dann erhob er sich langsam, als kostete es ihn große Mühe, suchte Halt an ein paar lateinischen Steinen und Säulen, die dort umgestürzt lagen, und ohne ein Wort, mit dem Fuß in jenem Haufen römischen Schutts wühlend, deckte er einen Ausgang auf. Ich lag noch immer im Schlamm, am Grund des Brunnens, und als sich jener Tunnel auftat, begannen die Wasser abzufließen und trugen mich fort, wie der Fluß ein trockenes Blatt fortträgt. Am nächsten Morgen fand ich mich am Ufer des Mont-Saint-Michel wieder, als gerade Ebbe war. Einer mit einem großen, breitkrempigen Hut gab mir Klapser auf die Wangen.
›Seit einem Jahr warte ich auf dich, mein Freund‹, sagte er laut lachend zu mir.
Die Stimme war mir bekannt. Ich schlug die Augen auf und war baff. Es war Don Juvenilio Caraffa, der römische *nepote*.
›Du warst auf dem Holzweg, Sabat‹, sprach er spöttisch zu mir. ›Ich war ein Teufel, Mensch, und es fuchste mich, daß du mir mit der Witwe in Montpellier Hörner aufgesetzt hast. Jetzt bleib hier, ich werde die Buchdruckerkunst nach

Kuba bringen, wozu ich ein Jahr benötigen werde, und wenn ich zurückkomme, treffe ich dich am Kreuzweg von Huelgoat, und dann kommst du mit mir nach unten, wo du ein Auskommen finden wirst, denn dort fehlen Aderlasser, seitdem Rufo aus Segovia gestorben ist, der von Kindesbeinen an stets herunterkam, um die Hölle zur Ader zu lassen. Er benutzte eine toledanische Lanzette, die sehr hart ist. Du bist moderner, man wird dich sehr zu schätzen wissen. Du wirst noch in den Stand der Herren mit dem Schweif aufgenommen werden, mein Herr König von England!‹

Zu Sankt Martin kommt Don Juvenilio Caraffa aus Kuba zurück, und dann begebe ich mich an seiner Hand in die große Höhle, aber ich ärgere mich, denn auf einem Feld in der Nähe von Grenoble bin ich dem verstorbenen Apotheker von Metz begegnet, der die ›Cotula aurea linneana‹, männliche Sorte, suchte, und der sagte mir, daß unten die Titel aus Montpellier nicht gelten und daß ich, auch wenn ich mir noch so viele Birette mit Goldfaden auf den Kopf setzte – ich habe meines immer in der Reisetasche –, nicht darum herumkäme, eine Prüfung in Lyoner Lanzette und Abführlimonade abzulegen.«

Der Medikus Sabat erhob sich und bat Madame de Saint-Vaast mit knappen Worten, sie möge ihm seine Reisetasche überlassen, auf die Madame sich gesetzt hatte, um dem Plauderstündchen beizuwohnen, und er öffnete sie und holte, in ein Taschentuch aus weißer Seide gewickelt, sein goldbesticktes Birett aus Montpellier hervor. Er setzte die feierliche Bedeckung auf den haarlosen Schädel und schritt unter den bewundernden Blicken der Anwesenden zweimal auf und ab. Wahrhaftig, es stand ihm gut.

VII

Jenes Lichtlein, von dem es hieß, es sei Guy Parbleu, und das an der Kette schaukelte, begann von dort aus ganz sanft mit einem Diskantstimmchen zu sprechen, nachdem es ein wenig gehustet hatte, denn auch der Diener des Teufels, der außer Zähneklappern die ganze Zeit keinen Mucks getan hatte, war nun an der Reihe, seine Geschichte zu erzählen. Alle spitzten die Ohren, hoben die Schädel, um ihn zu sehen, und Oberst Coulaincourt de Bayeux legte eine Hand schützend über die Augenhöhlen.

»Man erzählt, ich sei eines Morgens im Erntemonat vor der Tür eines Holzschuhmachers in Redon gelegen. Dieser, der Levejean hieß, war kein schlechter Mann, ohne den Anwesenden zu nahe treten zu wollen, und zog mich groß, so gut er konnte, wobei die Frau ihm nicht half, denn sie hatte sich in den Kopf gesetzt, ich sei das Ergebnis eines heimlichen Techtelmechtels, das der Holzschuhmacher wer weiß wo gehabt hatte. Bei anderen führt der Hunger dazu, daß sie in ihrer Auffassungsgabe um Jahre voraus sind, das weiß ich wohl, mich aber hatten die Entbehrungen und die Kälte verdummen lassen. Ich war neun Jahre alt und konnte für einen gelten, der im nächsten Januar vier wurde. Die Tante Levejean lehrte mich, der Postkutsche von Nantes entgegenzulaufen und um Almosen zu bitten, und nie lernte ich, die Worte richtig hinzuplaudern, die sie mir beibrachte, um die Börsen der reichen Reisenden auf christliche Weise locker zu machen. Ich brachte nur hervor: ›Wir sind arme Leut! Wir sind arme Leut!‹ Wenn ich nach Hause kam, mußte ich ihr das erbettelte Almosen geben, ohne daß der Ehemann es sah, und obendrein durchsuchte sie mich noch und zog mich nackt aus in der Küche. Dies hörte freilich eines Tages auf, als sie bemerkte, daß mir schon ein paar Härchen am Unterleib sprossen. Sie lachte und sagte zu mir: ›Sieh mal an, mein Spatz bekommt schon Federn!‹ Seitdem, so will mir scheinen, faßte sie sogar ein wenig Zuneigung zu mir, sie beschenkte mich zu Ostern mit einem Paar neuer Holzschuhe, und wenn sie etwas getrunken hatte, bat sie mich, sie hinter den Ohren zu küssen, was sie nicht daran hinderte, mich zu schlagen, wenn ich mit leeren Händen von der Kutsche zurückkehrte. Ich habe immer gedacht, daß diese Furie nicht ganz bei Trost war. Wenig tat sich in meinem Wachstum, aber mein Verstand schärfte sich, und ich gewöhnte mir an, in meinem Haar, das lang und kraus war, die eine oder andere Münze zu verstecken, indem ich sie mit dem Baumharz anklebte, das zum Blankputzen der Lederriemen der Holzschuhe diente, denn in meinem Kopf hatte sich der sehnliche Wunsch festgesetzt, einen Dudelsack zu kaufen. Am Abend, wenn die Kutsche vorbeikam und ich ihr bis zur Brücke hinterherlief, weil ich so gern sah, wie sie sich mit dem brennenden Schlußlämpchen hinter den Windungen der Vilaine verlor, bekam ich Unterricht vom Dudelsackspieler der Gemeinde, der ihn mir kostenlos gab, denn er war ein mitfühlender Mensch, wenn auch grantig wie alle aus der Gascogne. Dabei befand ich mich, und ich konnte schon den Ledersack zur Hälfte füllen und ihn mit dem Ellbogen zusammendrücken, ohne ihn abzuwürgen, als jener reiche Protz Sieben-Westen im Haus von Levejean erschien und nach mir fragte. Er war ein großer, kurzbeiniger Dickwanst, hochrotwangig und rotnasig, und er kam mich holen, weil er mich beim Betteln an der Kutsche gesehen hatte und mich gerne als Laufpagen hätte, wie er sagte. Er gab an, er lebe in Le Mans von seinem Vermögen, heiße Monsieur Salomon Capitan und sei bekannt als Sieben-Westen, weil er eine so große Vorliebe für sie habe. Der Holzschuhmacher, der sich daran gewöhnt hatte, daß ich ihm die Füße wärmte, wollte mich nicht verkaufen, aber als die Hausherrin die vier Louis auf der Handfläche jenes reichen Herrn aus Le Mans sah, willigte sie sogleich in den Handel ein und stellte mir eine Quittung aus. Was sie nicht daran hinderte, den ganzen Tag zu weinen.«

»Wenn ich dabei gewesen wäre«, unterbrach der Notar, »hätten wir mit der wohlbekannten ›Lex Plaetoria de Circumscriptione Adolescentium‹ eine einstweilige Verfügung erwirkt.«

»Der Flachs, Herr Notar, ist dazu da, daß man ihn bricht. Monsieur Salomon Capitan kaufte mich also, verschaffte mir neue Kleidung und befahl mir, ich sollte mich immer mit Duftseife waschen, denn er hatte eine ebenso große Vorliebe für Düfte wie für Westen. Er sagte, es würde noch ein Jahr dauern, bis wir nach Le Mans kämen, er müsse sich jetzt eine Weile zwischen Dinan und Mur-de-Bretagne aufhalten, und da er bereits meinen sehnlichen Wunsch kannte, Dudelsackspieler zu werden, ich möge nicht traurig sein, er würde schon dafür sorgen, daß ich Solfeggio lernte, und jedem, der mich fragte, wie ich hieß, sollte ich sagen, Bernhardin. Ich brauchte nicht lange, um mir klar zu werden, daß Monsieur Salomon Capitan ein Teufel von Rang war und sich deshalb so lange in bretonischen Landen aufhalten würde, weil er herausfinden wollte, wo sich ein gewisser Postillon Clamot vor ihm versteckte, der ihm einen Handkoffer gestohlen hatte.«

Das Lichtlein ließ sich von der Kette fallen, spazierte ein wenig herum, und wäre es ein Skelett gewesen, hätte man gewiß nicht deutlicher sehen können, daß es den Kopf neigte und die Arme vor der Brust gekreuzt hielt. Es stieg die Treppen zur Kanzel empor, sprang auf den steinernen Adler des Apostels Johannes und fuhr mit seiner Erzählung fort.

»Sieben-Westen verlangte von mir, daß ich mir eine kurze Pelerine mit Ärmeln anzog, die er in seinem Koffer hatte, und daß ich so gekleidet in die Häuser gehen und schnüffeln und keinen Winkel unausgespäht lassen sollte, und dies konnte ich bequem tun, weil ich durch diese Pelerine unsichtbar wurde. Da er so dick geworden war, vor allem am Bauch und hintenrum, paßte er nicht mehr hinein. Wahrlich, ich fand Gefallen an der Arbeit! Es gibt niemanden in der Bretagne, der so viele Geschichten erzählen kann wie ich, wenn ich wollte. Zwei Jahre könnten wir hier verweilen, und ich würde euch mit meinen Neuigkeiten unterhalten. In einem Haus, als ich gerade dabei war, im Dachboden herumzustöbern, hörte ich großen Lärm und hob die Bodenklappe, um zu sehen, woran das lag, und es lag daran, daß eine Dame zu Besuch kam, die Madame Clamot hieß; sie kam aus Montmuran und brachte als Geschenk ein Fäßchen Apfelbranntwein und ein paar Leinenhauben für die Mädchen des Hauses, welche drei waren und sehr anmutig. Am Anfang trieb ich mich viel auf Besuch bei den Frauen umher, sah zu, wie sie sich auszogen und schliefen, und wagte sogar die eine oder andere Liebkosung, obwohl Monsieur Salomon mir das verbot, aber bald hörte ich damit auf, so wie Zuckerbäckerlehrlinge mit Creme und Kuchen aufhören, aus Überdruß, denn meine Illusion schwand dahin. Ich eilte zu meinem Sieben-Westen, der in den Karten die Politiken der Welt studierte, und sagte ihm, daß Madame Clamot gekommen sei, daß man sie nach dem Ehemann gefragt und sie geantwortet habe, Müsjö Clamot sei mit Rheuma in Montmuran geblieben, und dieses Übel habe er davon, daß er so viele Jahre bei jedem Unwetter die Kutsche von Mortain gelenkt habe. Mein Herr rief aus: ›Das ist Meister Schnapphahn!‹, und noch in der gleichen Nacht begaben wir uns auf gemieteten Pferden nach Montmuran. Mein Herr blieb in Caradeuc, während ich mich mit meiner Zauberpelerine Montmuran näherte, und in einem Haus in der Osterlin-Straße fand ich den Postillon Clamot, der in Wahrheit gar kein Rheuma hatte, zumindest nicht sichtbar, denn er bewegte sich leichtfüßig, und auf dem Bett hatte er den Handkoffer meines Sieben-Westen liegen. Mein Auftrag bestand darin, daß ich mich an der Tür des Hauses postieren und mich nicht von der Stelle rühren sollte, bis Monsieur Salomon Capitan vorbeikäme und mich sähe. Es wohnte der Postillon Clamot über einer sehr berühmten Taverne, und die Tür der Taverne war sehr prachtvoll von vier Hopfenkletterpflanzen umrankt, die, da es September war, in Blüte standen und einen köstlichen Duft verströmten. Ich trat in die Taverne ein, um ein wenig Bier zu trinken, und setzte mich auf eine Bank, auf meine Pelerine, wo man mich von der Straße aus sehen konnte. Von dem nächtlichen Ritt, ich war ja nicht ans Reiten gewöhnt, war ich hungrig und müde. Damit das Bier noch besser runterginge, aß ich ein paar geräucherte Heringe und ein wenig Käse aus Fougères, und ich hielt ein Schläfchen, aus dem ich erwachte, weil ich Harndrang verspürte. Ich stand auf, um mich in einem Hinterhof zu erleichtern, und dachte überhaupt nicht an die kurze Pelerine, und als ich zurückkam, war ein Schneider, der den ganzen Morgen ohne Pause getrunken hatte, gerade dabei, sie anzuprobieren, indem er zuerst in die Ärmel schlüpfte, es fehlte nicht viel, und er würde sich in weniger als Luft auflösen vor denen, welche die Taverne füllten und mehr als zehn waren, ein bebrillter Geistlicher und ein Korporal der Provinziellen aus Rennes mitgerechnet. ›Hervorragende Arbeit, jawohl!‹ sagte der Schneider. ›Stoff aus Louvain mit zwei Ketten, Pariser Tresse!‹ Und bei diesen Worten geriet er ins Taumeln, torkelte einmal, schlüpfte in die Pelerine, und im gleichen Augenblick, da er hineinschlüpfte, lehnte er sich an die Wand und verschwand. Es gab nichts als weit aufgerissene Augen in der Taverne! Ich wollte fliehen, aber der Korporal der Provinziellen fuhr mir mit dem Säbel zwischen die Beine, so daß ich mit dem Gesicht auf den Geistlichen fiel. In diesem Augenblick kam der Postillon Clamot herunter, und als er den Kasus hörte, begann er laut zu rufen, ich sei bestimmt der Sakristan des Teufels Salomon Capitan, der ihn seit Jahren verfolge und überall verbreite, er habe ihm einen Handkoffer gestohlen. Man nahm mich fest, und da man glaubte, mein Wohnsitz sei bei meinem Herrn in Le Mans, reichte man mich beurkundet an die Justiz in Paris weiter.«

»Dort«, sagte der Notar, »könnte man auch mit der ›Lex Iunia de Peregrinis‹ Rekurs einlegen.«

»Ich konnte keinen Anwalt bekommen, erzählte alles, was ich wußte und getan hatte, man brachte das Ehepaar Levejean nach Paris, Sieben-Westen wurde nicht gefunden, und man verurteilte mich dazu, als Verursacher des Todes des Schneiders, von dem man nichts mehr gehört hatte, und wegen Paktierens mit Satan auf dem Vorhof von Saint-Germain verbrannt zu werden. Als der Scheiterhaufen zu brennen begann, der hauptsächlich aus trockenen Eichenästen bestand, gefiel mir das sogar, und ich dachte bei mir, ein wenig Wärme sei wahrhaftig an der Zeit. Ich fiel sogleich in Ohnmacht durch den Rauch, und vielleicht wäre ich nicht aufgewacht, hätte ich nicht gemerkt, daß man mich heftig an den Ohren zog und mir ins Gesicht spuckte. Es war Salomon Capitan, der, in Rauch gehüllt, die Flammen zur Seite bog, wie jemand, der im Wald die Zweige zur Seite biegt, und zu meiner Rettung kam, aber er war nicht rechtzeitig eingetroffen. ›Blas feste!‹ rief er mir zu. Ich blies, anscheinend mit Erfolg, denn mir war, als verließe ich diesen Körper, der dort brannte, der Körper war nicht mehr meiner, noch schmerzte er, noch störte mich der Rauch. Ich war in der Hand von Monsieur Salomon Capitan, der zu mir sagte: ›Um ein Haar, du Taugenichts, und ich wäre zu spät gekommen, um auch nur deinen Atem zu erhaschen!‹ Ein Glück, meine ich, daß wir wenigstens etwas gerettet haben. Ich bin also mein Atem, und ich klappere mit den Zähnen, weil ich mich nicht mehr an die Kälte der Welt gewöhne nach der herrlichen Sommerhitze, die ich auf dem Scheiterhaufen erlebt habe. Sieben-Westen war wütend auf mich und verfluchte meine Familie, was mich nicht beleidigte, weil sie mir nicht bekannt war. ›Du verdienst, in eine Eule gesteckt zu werden!‹ Er aber steckte mich in eine Seifendose Note provenzalische Limette, und wir begaben uns nach Cahors, wo er zwei Zähne von einem kaufen wollte, den man am Vorabend von Sankt Andreas hängen würde. Und stellte sich dann nicht heraus, daß der Gehenkte nicht einen einzigen Zahn besaß? Monsieur Salomon Capitan brachte aber auch nichts zustande. Er verfluchte sein Schicksal und die Ermahnungen, die ihn von unten erreichten, damit er sich ins Zeug legte, wenn er in dieser Welt bleiben wollte, und seine Wut war so groß und er geriet so außer sich, daß er mich dort am Fuß des Galgens vergaß. Ich befreite mich so gut ich konnte aus der Seifendose und machte mich auf den Weg. Und ich weiß dem Herrn Medikus Sabat großen Dank, denn er las mich in der Umgebung von Chartres auf und schrieb sogar an einige Bekannte, um herauszufinden,

ob sie wußten, wo Salomon Capitan sich herumtrieb und ob ich noch immer sein Laufpage war oder nicht.«
Es tagte. Das Lichtlein Guy Parbleus verlosch nach und nach, und jetzt war das Klappern der Zähne zu hören. Er saß noch immer auf dem Adler des Apostels Johannes, und man hörte in der ganzen verfallenen Kirche von Saint-Efflam-la-Terre sein ununterbrochenes Tacktack, wie eine befremdliche, eintönige Predigt. Madame de Saint-Vaast betupfte ihr Dekolleté mit Reispulver, denn das Fleisch kehrte zurück, und Monsieur Coulaincourt de Bayeux zwirbelte den schwarzen Schnurrbart, dessen Enden lang und dicht waren. Von der Kalkgrube kehrte der Junker von Quelven zurück, und er kam in sehr guter Laune.
»Herr Kantor, mein Erbe! Verdienen diese neuen Häute nicht einen Kontertanz?«
Der heilige Efflam aus Stein nahm seinen Fuß vom Arm des Kantors. De Crozon bekreuzigte sich. Die Fledermäuse kehrten zu ihren Nestern im Turm zurück. Die Hähne von Kernascleden krähten, und im Vorhof des alten Klosters, in dem die Horde die Nacht verbracht hatte, wieherte *La Garde*, der berühmte Bleß des Herrn Obersten.

Dritter Teil

Reisen und Abenteuer

Als sie Saint-Efflam-la-Terre sehr früh am Morgen verließen, bat unser Kantor, der in seiner Verwunderung über soviel Neues die ganze Nacht kein Auge zugetan hatte, aber dennoch ohne Müdigkeit die aufgehende Sonne und den Anblick von Leuten in seinem Umkreis genoß, die trotz ihrer Aberwitzigkeiten so wohlerzogen waren und jetzt zu ihrem sündigen Fleisch zurückkehrten, um Erlaubnis, etwas auf dem Bombardin spielen zu dürfen, was man ihm vergnügt gewährte und was de Crozon damit begründete, daß die Blechmusiker ihr Mundstück nicht weich werden lassen dürfen. Das Geklapper von Guy Parbleu war ihm schon so vertraut wie das Ticktack einer alten Standuhr im väterlichen Haus, und wer ihm von dieser Horde die größte Sympathie einflößte, waren Madame de Saint-Vaast, die er nunmehr für die traurigste Dame der Welt hielt, und Oberst Coulaincourt, der, von Natur aus barsch, ein sehr imposanter Mann war. Das sah man schon an seiner Art, Befehle zu erteilen.

»Spielen Sie, auch wenn es nur eine Valentina ist, Herr Kantor«, sagte Monsieur de Nancy.

»Er soll spielen, vielleicht vergesse ich darüber mein Unbehagen«, sagte der Junker von Quelven. »Das neue Fleisch, das heute morgen zurückgekehrt ist, kommt mir nämlich ein bißchen schwer vor.«

»An den ersten Tagen ist einem, als ginge man in einem neuen Rock und in einem Hemd aus rohem Flachs umher«, bemerkte der Notar.

»Na, wo bleibt die Valentina«, ermunterte ihn Madame de Saint-Vaast.

Der Kantor blies einen sehr pastosen Stil und legte viel Schmelz in die Stücke. Er spielte die Valentina und ein italienisches Rondo, das sehr in Mode war und das Rondo von Don Rossini hieß, und er mußte es auf Bitten des Medikus Sabat hin wiederholen.

»Wenn dieses Rondo einen Text hätte«, sagte Madame de Saint-Vaast, »dann würde ich bestimmt längst weinen.«

Die Kutsche eilte auf dem Weg nach Rostrenen dahin, der am Ufer des Flusses Scorff entlangführt, durch Wiesen hindurch, die in diesem Januar halb unter Wasser standen. Als das Schloß von Rostrenen in Sicht kam, verließ die Kutsche die Heerstraße und bog in einen leicht ansteigenden Feldweg ein, der sich zunächst um einige Weiden herumwand und dann sehr lieblich in den Wald von Goulic eindrang, zwischen Erlen, die sich in den kleinen Tümpeln spiegelten. Sie hielt an einer Stelle, wo sich der Wald etwas lichtete, und man sah schon, daß dieser Weg nicht sehr befahren wurde, denn auf ihm wuchsen Stechginster und Dornbüsche. Dort befand sich eine Quelle und daneben eine alte Hütte.

»Herr Kantor, wer nachts nicht schläft, schläft am Tage«, sagte Coulaincourt, während er mit der Hand kräftig auf den Bombardinkasten schlug. »Wir werden ein Schläfchen in dieser Hütte halten.«

»Wollten wir denn nicht die Bretagne besuchen?« fragte der Kantor.

»Wenn die Nacht näherrückt, werden wir ein paar Rebhühner in Lorbeersauce im Garten des Pfarrhauses von Carhaix essen.«

Mamers ließ die Pferde frei, die sogleich in der Umgebung der kleinen Quelle zu weiden begannen, und die Horde trat in die Hütte, die mit Weizenstroh ausgelegt war, und jeder Verstorbene suchte es sich bequem zu machen, und der Kantor ergatterte den Platz an der Seite von Madame, die sich einen maulbeerfarbenen Mantel angezogen hatte.

»Bis heute nacht«, sagte Coulaincourt, während er sich ein schwarzes Seidentuch über sein Gesicht breitete, nachdem er sich in den Militärumhang eingewickelt hatte.
Madame de Saint-Vaast verschränkte die Arme hinter dem Kopf, und dabei glitten die Puffärmel zurück und entblößten jenes sanfte Weiß direkt vor den Augen des Kantors. Die Artilleristin hatte dem Kantor als Kind immer die Wimpern gestutzt, damit sie ihm stärker wüchsen, und sie waren ihm in der Tat sehr prächtig und lang gewachsen, und unser de Crozon schlummerte jetzt über dem Gedanken ein, daß er Madame fast im Achselhöhlchen kitzeln könnte, wenn er ein wenig den Kopf höbe. Das Abenteuer zauberte ein Lächeln auf seine Lippen, bevor er endgültig einschlief. Er träumte, daß Madame mit ihm in der Apfelbaumplantage in Quelven lebte und ihm die Wimpern ausriß, um sie zu einer Schnur für ihr Korsett zu verweben. Und dem Kantor gefiel es, daß sie ihn seiner Wimpern beraubte.

I

Die Kutsche eilte auf der Ebene von Huelgoat dahin; der Weg war verschlammt, und der Kantor hatte den Hinkefuß Mamers gebeten, ihn auf den Kutschbock steigen zu lassen, des Vergnügens wegen, mit dem er zusah, wie die Pferde durch die Pfützen spritzten. Er hatte Gefallen an diesem freien Vagabundieren gefunden und daran, ohne Zwänge in den Tag hineinzuleben. Er blies einen Marsch auf dem Bombardin, den er an jenem Morgen in seinem Kopf zu solfeggieren begonnen hatte, und ihm war, als würden die Pferde im Takt dazu traben. Sie fuhren gerade mit kurzem Zügel zur Furt des Aulne hinunter, welcher ein munteres, klares Flüßchen ist, als ein junger Mann auf einem schweren Zugpferd sich zu ihnen gesellte, der einen neuen Militärhut trug, in einen alten, ausgeblichenen Umhang gehüllt war und sich mit bloßen Füßen auf die Steigbügel stützte: das Pferd war ein guter Normanne, leicht unruhig durch die harte, nervöse Hand des Reiters, der es heftig zügelte. Am Sattelbogen trug er zwei Sicherheitspistolen. Er hatte ein offenes Gesicht, ganz zu schweigen von den hellen Augen, und er sah so vergnügt aus, als sei dies die erste Reise, die ihn durch die Welt führte.

Er führte das Zugpferd an den Kutschentritt heran, steckte den Kopf durch das Fenster und wünschte höflich einen Guten Tag in gepflegtem Bretonisch, bevor er auf französisch fragte:

»Sind Euer Gnaden zur Hochzeit des Fräuleins von Toul-Goulic geladen?«

»Und wen heiratet meine Nichte?« fragte Oberst Coulaincourt neugierig.

»Gott möge sie erhalten! Sie heiratet einen Grundbesitzer aus Avon!«

»Gibt es denn in der Bretagne keine anderen Edelleute, denen man ein solches Täubchen verehren könnte?«

»Ach, gäbe man sie doch her!« sagte der junge Mann betrübt. Und nachdem er einen Blick mit Madame de Saint-Vaast getauscht hatte, die ihm geheimniskrämerisch zulächelte, versetzte er das Zugpferd in Galopp, um die Furt zu durchqueren, und als er sich in der Mitte des Flusses befand, wirbelte das Pferd viel Wasser auf mit seinen Bewegungen.

»Der ist in Eure Nichte verliebt, Herr Oberst!« sagte Monsieur de Nancy zu Coulaincourt de Bayeux.

»Die Jungfrau verdient es aber auch! Bestimmt gibt es mit Apfel gefüllten Puter und die verschiedensten Bechamelsaucen.«

»Na, da könnten wir doch ein bißchen was naschen gehen«, schlug der Notar vor.

»Es hieße, Wasser in den Wein schütten, den der Herr in Kanaan gemacht hat, wenn wir unangemeldet in Toul-Goulic erscheinen würden«, sagte der Oberst und gab dem Geplänkel damit eine ernste Note. »Wollen wir nun der Ankunft der Guillotine in Dinan beiwohnen oder nicht?«

Die Heerstraße von Carhaix nach Guingamp, wo die Horde in einer Herberge übernachten würde, von der noch die Rede sein wird, verläuft zwischen dichtbewachsenem Heideland und großen Pfützen von weißlichem Wasser, deren eine oder andere sogar den Weg abschnitt, zur großen Freude des Kantors de Crozon, der sie so gern nach beiden Seiten aufspritzen sah. Nie war er so jung gewesen, nie hatte die Welt ihn so reich und leicht mit Neuem beschenkt. Es bestand kein Zweifel daran, daß all jene, die ihn begleiteten, Tote waren oder in alle Ewigkeit eine Kette mit Eisenkugel am Fuße trugen, aber ihm gegenüber benahmen sie sich, als läsen sie gerade den Knigge der guten Manieren. Als er erfuhr, daß man ihn nur deshalb aus dem Haus geholt hatte, damit der Junker von Quelven ein paar Stücke von ihm hören konnte, solange er noch nicht im Grab lag, hatte ihn das ziemlich verdrossen, aber es stimmte auch, daß der Herr Junker ihm zuvorkommenderweise im Testament ein Apfelbaumgärtchen hinterlassen hatte, da er seinen Wunsch erraten hatte, einen solchen zu besitzen, noch dazu an jenen Ufern, die sich breit am Blavet hinzogen. Auch erhielt er nun durch den Medikus Sabat die erste Kunde davon, daß der Ruf seiner Musik über die Grenzen der Bretagne hinaus-

gelangt war, denn ein Abt aus Falaise hatte in einer Herberge in Avignon, neben der Brücke, eine Bemerkung darüber gemacht, wie fein die Begräbnisse in der französischen Bretagne gelängen, seitdem in Pontivy ein Kantor mit niederen Weihen sie mit italienischer Musik begleitete. Und dieser Kantor war er. Der Oberst, dem man ansah, daß er ein Mann mit großer Entschlußkraft und sattelfest im Befehlen war, behandelte ihn mit jener Freimütigkeit, wie sie zum guten Ton im militärischen Ehrensaal gehört, und weil er von den Wünschen der Artilleristin wußte, die ihn aufgezogen hatte, nannte er den Kantor jetzt »Herr Offizier des Königlichen Regiments Navarra«, die offene Hand grüßend am Dreispitz. Und Madame de Saint-Vaast zeigte sich gefällig und heiter, plauderte des längeren auf das charmanteste mit ihm, ließ dann und wann ihre Augen auf denen des Kantors ruhen und spitzte kokett ihren Mund, und der Kantor hielt immer ihre Hand, wenn sie in die Kutsche stieg und wenn sie aus der Kutsche stieg, und er fand nicht, daß er es mit der Artigkeit übertrieb, wenn er ihr den Arm um die Taille legte, um die Hilfe noch sicherer zu machen. Madame de Saint-Vaast wusch ihm die Taschentücher, die er durch den vielen Schnupftabak, den Monsieur de Nancy anbot, ruinierte: festgebunden an einer Haselrute, ließ sie zwei im Wind trocknen, wie jemand, der eine Fahne trägt. Die kurzen Stücke auf dem Bombardin spielte er jetzt heiter und behende, wie es ihm nie zuvor gelungen war, denn die Hoftänze und Kontertänze klangen bei ihm gewöhnlich wie Kirchenmusik, und die Rondos glichen eher präludierten Responsorien als irgend etwas anderem. Der Notar, der sehr aufmerksam und gewitzt war und die anderen gern aufs Korn nahm, sagte nach jeder Serenade zu ihm:
»Unsere Amsel wird doch nicht verliebt sein?«

Madame de Saint-Vaast errötete, und dem Herrn Kantor zog sich etwas in seinem Herzen zusammen, und er bekam einen Knoten im Hals. War er etwa dabei, sich in eine Tote zu verlieben? Und wer würde glauben, daß ein so laues Weiß, ein so zärtlicher Blick einer Toten gehörten? Sie hatte eine Art, die Zungenspitze herauszustrecken und die Lippen zu befeuchten, zuerst die obere, dann die untere, und de Crozon, der zur Seite schaute, um dem Notar nicht noch mehr Anlaß für Gerede zu geben, ahmte die Gebärde nach, ohne es zu merken, und dann hob sie den Kopf noch ein wenig mehr und sah ihn unverwandt und verklärt an, als fühlte sie sich in einem Kuß gefangen, der nicht einmal wagte, in die Luft zu entfleuchen. Dem Kantor brannte die Haut, und er glühte in seinem Winkel, erschrocken und glücklich zugleich. Sie fuhren auf Lanrivain zu, und dabei nahmen sie eine Abkürzung durch die Heide von Carhaix, den alten Weg, den seit mehr als fünfzig Jahren niemand mehr benutzte, seitdem man hier einem Bettler aus Plouaret, der auf dem Weg zur Kirchweih in Sainte-Anne d'Auray war, die Kehle durchgeschnitten hatte, denn seither taucht der Arme mit dem Kopf in der Hand am Wegrand auf und bittet die Vorbeireisenden um Almosen, und man muß ihm die Münze in den Mund legen.
»Wenn der Arme aus Plouaret am Weg auftaucht«, sagte Oberst Coulaincourt, »dann kann sich der Herr Notar von seiner Karolina aus dem Kaiserreich verabschieden ...«
»Tote geben kein Trinkgeld«, erwiderte der Notar von Dorne. »Das ist im römischen Gesetz verboten. ›Lex Cincia de Donis et Muneribus‹.«
Der Arme aus Plouaret schien zu wissen, daß dies Tote waren, denn er trat ihnen weder an der Brücke von Boss noch am Wegkreuz von Saint-Martin entgegen, und er schien das

römische Gesetz zu kennen. Es begann zu dunkeln, als sie an Lanrivain vorbeifuhren, auf der Seite des Kalvarienbergs. Eine alte Frau war dabei, die Laternen anzuzünden, und ein Soldat mit phrygischer Mütze, das Gewehr mit gefälltem Bajonett geschultert, schnitzte mit einem Messer etwas in die alte Wegzollschranke der einstigen Vizegrafen von Toul-Goulic, die weiß und grün angemalt und jetzt aus ihren Halterungen gelöst war.

Die Herberge, in der sie die Nacht verbringen wollten, lag auf einer Anhöhe, zwei Meilen von Guingamp entfernt, verloren inmitten der Weiden von Modéac. Die Kutsche verließ den alten Weg, und Mamers stellte sie hinter einigen Erlen ab, und der Herr Kantor gewahrte die Kraft, welche die Pferde in der Nacht besaßen, und daß die Kutsche selbst dort fahren konnte, wo es keine Wege und kein ebenes Land gab, sobald die Schatten die Welt einzuhüllen begannen. Die Horde stieg aus, und der Oberst ging voran – im Licht von Guy Parbleu, der wie ein Leuchtkäfer zwischen den Federn seines Dreispitzes saß – und wies den Weg zur Herberge. Madame Clarine de Saint-Vaast raffte mit einer Hand die Röcke bis auf Kniehöhe und stützte sich mit der anderen auf die Schulter von Monsieur de Nancy. Sie gingen über die Weide, und das Gras reichte ihnen bis zur Taille. Die Herberge war ein halb eingefallener Turm, und an jeder Seite befand sich eine große Hütte und davor ein runder, gepflasterter Dreschplatz. Aus einer der Hütten kam einer heraus, der Hirte sein mußte, des Schaffells wegen, in das er gekleidet war, und er leuchtete sich mit einer kleinen Laterne. Neben ihm hielt ein anderer, in einen weißen Umhang gehüllt, einen Wolfshund an der Leine, der sich mit gebleckten Zähnen und wie tollwütig tobend auf die Neuankömmlinge zu stürzen suchte.

»Halt, wer da in der Bretagne?« fragte der mit der Laterne. Er hatte eine junge Stimme, die jetzt von der Angst entstellt war.
»Man sollte besser fragen, wer ist nicht mehr da! Es ist der verstorbene Oberst Coulaincourt de Bayeux, vom Hauptbataillon der Normandie! Und wer wagt es, in den Weiden von Modéac die Toten zu überwachen?«
Der mit dem weißen Umhang wechselte die Leine des Hundes in die linke Hand und nahm mit der rechten die Laterne von dem, der wie ein Hirte aussah, und trat näher heran, um einen Blick auf den Besuch zu werfen. Der Oberst hatte sich mit gezücktem Degen in der Mitte des Dreschplatzes aufgepflanzt, und hinter ihm stand, seinen Stockdegen auseinanderschraubend, der Herr Junker von Quelven. Die anderen hielten sich ein wenig abseits, und der Kantor sah nichts Ehrenrühriges für die Crozons von Château-Josselin darin, wenn er sich hinter dem Feigenbaum versteckte, der neben dem Gittertor des Dreschplatzes aufragte.
»Guten Abend, mein Herr Verwandter! Darf ich mich vorstellen: Fregattenkapitän du Crann, von der Königlichen Marine! Gab es etwa keinen Totengräber in Sedan?«
»Man braucht so seine Zeit«, sagte der Oberst, während er seinen Degen in die Scheide steckte, »bis einem die Wut verraucht! Meine Mutter, Friede ihrer Asche, war eine blonde du Crann. Ist Ihnen irgendein Schiff des Königs von Frankreich in diesen Weiden abhanden gekommen, Herr Kapitän?«
Der Kapitän übergab die Laterne und den Hund, der sich halbwegs beruhigt hatte, dem Hirten und begann mit dem Oberst zu tuscheln. Der Notar von Dorne, anscheinend ein Kenner dieser Herberge, führte die Horde zur Hütte auf der linken Seite, wo sie sich im Kreis niederließen, und da sie sa-

hen, daß der Oberst auf sich warten ließ, machten sie sich über ihr Abendessen her, das aus geräucherten Heringen und süßem Apfelwein und einem Zwischengericht aus gekochten Eiern bestand. Der Kantor hatte in Huelgoat ein Stück Roggenbrot gekauft und schnitt ein paar saftige Scheiben ab, hinter dem Rücken des Medikus Sabat, der ihnen sehr zugetan war. Es war eine halbe Stunde vergangen, und der Oberst erschien nicht, und den Kantor kamen die Nächte sehr hart an, da diese Toten, kaum saßen sie im Kreis, einander ihre Geschichten zu erzählen begannen, als handelte es sich dabei um Neuigkeiten, und den fürchterlichsten Chor der Welt bildeten, da ein jeder für sich redete, ohne dem anderen zuzuhören. Sie hatten schon die Hälfte ihrer Leben abgehaspelt, als Oberst Coulaincourt hereintrat und sich in den Disput einmischte. Der Oberst erzählte rasch und kürzer als sonst und überholte die anderen im Eilmarsch, und im Nu war dieses Konzert zu Ende.

Der Oberst erhob sich von der Bank, auf die er sich gesetzt hatte, umfaßte mit beiden Händen den Degengriff und sprach mit großer Ruhe, nicht ohne in der Rede ein paar fröhliche große Töne anklingen zu lassen.

»In diesem Augenblick befinden sich in der anderen Hütte und in der Küche des Turms«, sagte er, »neun Herren Chouans unter dem Befehl meines Vetters du Crann, und sie haben in dieser Einsamkeit Posten bezogen, weil man in der Stunde der Morgendämmerung auf der Heerstraße von Saint-Brieuc zwei republikanische Kanonen nach Morlaix schaffen wird, und die edlen Herren der Bretagne gedenken sie mit Pulver und Schwert in ihre Gewalt zu bringen. Da ich auf diesem Feld den höchsten Rang innehabe, würde ich, den Vorschriften der Armée Royale folgend, den Schlachtbefehl übernehmen, wenn ich nicht verstorben wäre.«

Er sagte dies stolz und mit vorgereckter Brust. Mit der Spitze der Scheide des langen Degens zeichnete er eine Linie auf den Erdboden, welche die Heerstraße darstellte, und rechts von ihr machte er ein kleines Loch, das der Wald von Preml war, und links noch eines, das der Ort war, wo sie sich befanden, der alte Turm von Modéac, und erklärte, wie die Chouans, aus dem Wald kommend, angreifen würden, während er und der Junker von Quelven sowie Monsieur de Nancy als letzte des Hinterhalts gegen die Vorhut galoppieren und der Kantor und der Medikus Sabat versteckt in den Weiden Alarm schlagen würden, der Medikus, indem er eine Reservepistole abfeuerte, die ihm ein Herr Chouan leihen würde, und der Kantor, indem er einen leichten Tusch auf dem Bombardin blies, einem Signalhorn so ähnlich wie nur möglich. Madame de Saint-Vaast würde gemeinsam mit den anderen in der Hütte ihre Rückkehr aus dem Krieg erwarten.

»Und was mach' ich?« fragte beleidigt der Notar.

»Es gibt keine Kunde von einem Notar auf dem Schlachtfeld, Herr Pleven!« rief ihm der Junker von Quelven zu, dem es schließlich gelungen war, den Stockdegen auseinanderzuschrauben, und der die glänzende Klinge im Licht von Guy Parbleu herumwirbelte.

In diesem Augenblick hörte man dreimal die Eule schreien. Der Oberst zog mit seinen Kriegern ins Feld und zeigte Sabat und dem Kantor eine Anhöhe, auf dem ein windschiefer Kastanienbaum vor sich hin kümmerte. Die Chouans stiegen auf ihre Pferde, und du Crann führte seinen Wolfshund auf der Kruppe mit sich. Durch den Vollmond sah man jetzt wie am hellichten Tag, und ein Landwind war aufgekommen. Immer windet es in der Bretagne, wenn der Mond scheint. Die meisten behaupten, es sei die Luft, welche die vorbeiziehenden Toten aufwirbeln. Sabat verschaffte sich seine Pistole und begab sich, vom Kantor gefolgt, über einen Hirtenweg auf seinen Posten. Sie sahen Coulaincourt und die Seinen die Weiden hinuntergaloppieren; von den Chouans keine Spur. Das Signal war zweimal der Schrei der Eule und ein langer Pfiff. Als sie auf den Hügel gelangten, kletterte Sabat behende auf den Kastanienbaum, und de Crozon verbarg sich im Gras, auf dem Bombardinkasten sitzend.

»Da sind sie«, flüsterte Sabat ihm zu.

Im Wald von Preml schrie die Eule, und gleich darauf kam ein langer Pfiff aus der Dunkelheit. Dort, wo die Heerstraße verlief, waren Schüsse zu hören. Sabat feuerte seine Pistole in die Luft ab, wie man es ihm befohlen hatte, und de Crozon stimmte ein Jägerlied an, das er als Kind hatte singen hören, wenn sein Vater von der Wildschweinjagd in Guehenno zurückkehrte. Dabei war er aufgestanden, ohne es zu merken. Ein gewaltiges Mündungsfeuer blitzte an der Straße auf, wo die Schlacht ausgetragen wurde, und das Getöse, das folgte, war fürchterlich. Jenseits des Waldes von Preml waren einzelne Schüsse zu hören.

»Da muß eine Protze explodiert sein«, bemerkte der Medikus Sabat, während er von dem Kastanienbaum herabstieg, denn ihm war schon das Pulver ausgegangen.

Der Junker von Quelven galoppierte auf dem Skelett eines der Kutschenpferde heran, den Stockdegen in der Hand.

»Vive le Roi!«

»Was ist passiert?« fragte Sabat.

»Die Chouans transportieren die Kanonen auf dem alten Weg ab.«

Auch Coulaincourt und Monsieur de Nancy trafen ein, jeder auf seinem Pferdeskelett.

»Ein schönes Scharmützel, meine Herren!« rief der Oberst zur Begrüßung und versicherte lachend: »Das Verdienst gebührt zweifellos dem Jägerlied, Herr Kantor! Man hätte glauben können, Monsieur de Touraine hätte den Rhein überquert.«
»Und ich, habe ich etwa nichts getan?« fragte Monsieur de Nancy.
Bevor er zum Kampfplatz geeilt war, hatte er das Seil des Brunnens abgeschnitten, sich ins dichteste Getümmel gestürzt, eine Schlinge in der Luft gemacht und damit einen Offizier der Republik am Hals gefangen. Er brachte ihn als Beute, nachdem er ihn über die Wiesen geschleift hatte. Dies empörte Coulaincourt.
»Das sind keine Kriegswaffen, Henker von Lothringen!«
Er zielte ihm mit dem Degen ins Gesicht. Der Henker ließ das Seil los und galoppierte allein zum Turm von Modéac zurück. Noch immer war der eine oder andere Schuß in der Gegend des Wegkreuzes von Saint-Martin zu hören.
»Könnten wir nicht noch einmal dieses Jägerlied hören, bevor es Tag wird?« bat der Junker von Quelven.
Der Kantor war näher getreten, um den Toten anzusehen. Es war jener junge Mann mit dem neuen Militärhut, der sie zur Stunde des Mittagessens an der Furt des Aulne überholt hatte. Der Kadaver war eine blutige Masse.
»Wir Toten können keine Toten bestatten, aber alles findet eine Lösung«, sagte der Oberst, während er von seinem Pferd absaß. Er und der Medikus Sabat legten den Toten auf das Skelett von La Garde, und dann näherten sie sich langsam dem Turm, während es zu tagen begann. Sie legten die Leiche in eine Hütte. Madame de Saint-Vaast war näher gekommen, um ihn anzusehen.
»Und ich dachte, dieser Galan ginge Hochzeit halten!«

»Jedenfalls war er verliebt«, bekräftigte der Notar.
»Sie ziehen mit denselben Augen zur Liebe wie in den Krieg«, erklärte der Junker sentenziös.
»Kantor!« befahl der Oberst mit harter Stimme, »setz die Hütte in Brand!«
De Crozon gehorchte, schlug das Feuerzeug und zündete, heftig blasend, ein Strohbündel an. Die Hütte bestand aus großen, ungestalten Holzbohlen, war mit Stroh und Erde gedeckt und halb mit trockenem Gras gefüllt; sie brannte rasch, der Wind brachte das gewaltige Feuer zum Lodern.
»Auf, ein Bombardin-Respons, Herr Kantor«, bat der Oberst.
Der Pfründner mit den niederen Weihen aus Pontivy spielte sehr gemächlich den Trauermarsch, den er für die Stiftsherrn seiner Kapelle benutzte. Die Horde zog sich dorthin zurück, wo sie die Kutsche gelassen hatte, denn schon graute hell der Morgen. Als das Bombardin das Schlußtremolo spielte, brach unter heftig durcheinanderwirbelnden Funken und brennenden Holzstücken das Dach der Hütte zusammen. Da ruhte nun jener fröhliche Bursche. Der Kantor ging, sich seinen Gefährten anzuschließen, und auf halbem Wege wartete der Junker von Quelven auf ihn, der ihm freundschaftlich einen Arm um die Schulter legte. Mit dem Tag war ihm bereits das Fleisch zurückgekehrt.
»Kantor, dich zu hören ist schöner als huren!«

II

Als sie in Dinan ankamen, stiegen sie hinter der Erlöserkirche aus und betraten, geführt von Mamers dem Hinkefuß, durch die Hintertür das Haus von Onkel Mezidon, der einen Altkleiderladen am Marktplatz betrieb. Das Haus besaß Erdgeschoß und ersten Stock, und an der Fassade hatte es außer einem Fensterchen einen Balkon mit Eisengeländer, rund wie eine Kanzel. Die ganze Habe des alten Mezidon bestand in einer wackeligen Pritsche, die mit einem blauen, gelbgepaspelten Militärmantel bedeckt war, zwei Stühlen mit Strohgeflecht und einem runden Tisch mit zerrissener Decke. Auf dem Tisch stand eine halbvolle Flasche Rotwein, und in einem ziemlich angeschlagenen Teller aus grünem Ton waren Reste eines Fischgerichts zu sehen.

»Dieser Besuch ist nicht sehr nach meinem Geschmack, aber arme Leute laufen ihr ganzes Leben dem Geld hinterher«, sagte er, während er den Militärmantel glattzog und Madame de Saint-Vaast einen weichen Platz auf der Pritsche anbot.

Mezidon war ein buckliges, agiles Männchen mit überlangen Armen, einem weißen Auge, zahnlosem Mund und starkem, bretonischem Akzent; er trug rot-weißgestreifte Beinkleider und eine Weste aus glattem, geflicktem Leder.

»Gegen elf«, versicherte er, an Monsieur de Nancy gewandt, der durch das Fensterchen einen Blick auf den Platz warf, »nehmen sie die Hülle von der Guillotine. Heute gibt es nur einen Verurteilten, einen Blinden aus Guimiliau, den man in Saint-Malo royalistische Lieder hat singen hören.«

»Die Blinden waren immer heilig in der Bretagne!«

»Madame, die neuen Zeiten ziehen vor niemandem die Mütze.«

»Dieser Blinde, der heute die Klinge des großen Guillotin probieren wird«, sagte der Hinkefuß Mamers, während er von Monsieur de Nancy eine Prise Schnupftabak annahm, »wird wohl nicht der Blinde mit dem Wunder von Saint-Pol-de-Léon sein, der ebenfalls aus Guimiliau stammte und Sohn einer Weberin war, die im Herbst immer nach Quimper kam, um in den Häusern Winterkleider zu weben. Der Vater war anscheinend ein Deckenmacher aus Châteaulin. Das Kind kam schielend zur Welt, und in dem schielenden Auge breitete sich eine rote Wolke aus, so daß es in kurzer Zeit auf ihm erblindete. Es ist bekannt, daß rotäugige Schieler sehr leicht Unglück bringen, und der aus Guimiliau brachte, seit er laufen konnte, haufenweise Verheerungen über das Land, böse Blicke, verlorene Geldbörsen und Menschen, verhageltes, wenn nicht verbranntes Getreide, oder es standen Heuschober und Scheunen in Flammen, Hunde wurden tollwütig, Kühe und verheiratete Frauen, die ihn angeschaut hatten, erlitten Fehlgeburten, das Wollvieh bekam Schwärenfieber, und jeder, der hinfiel, wo der Einäugige seinen Fuß hingesetzt hatte, brach sich entweder aus nichtigstem Anlaß einen Arm oder ein Bein oder behielt ein Bruchleiden zurück; in den Schenken wurde der Wein sauer, und als man ihn in einer Prozession zum Kloster von Mermuid brachte, bekamen die Damen Nonnen Warzen am Bauchnabel. Man glaubte, er habe die Pest, und man verjagte ihn mit Steinwürfen von Wegen und Stegen, und einer aus Claouet, der bereits einen Käsemacher auf einem Fest umgebracht hatte, war mit dem Onkel des Jungen übereingekommen, ihn am Tag des heiligen Andreas Avelinus im Brunnen von Carantec zu ersäufen, denn er hatte sich in den Kopf gesetzt, daß es der kleine Einäugige war, der ihm einen Stier verhext hatte, der stehenden Fußes verendet war, als er sich anschickte, die Kuh des Pfarrers von Rancy zu decken; eine schwarze Kuh, die von der Grande Chartreuse gekommen war. Man wußte, daß der Schieler die Kuh von einer einsamen Anhöhe herab hatte vorbeiziehen sehen. Der Pfarrer war nicht minder wütend, denn weil die Kuh schon stillstand, um gedeckt zu werden, und dann nicht gedeckt wurde, bekam sie eine unregelmäßige Brunft und überhaupt kein Junges mehr.«

Von dem Apfelwein, den Mamers mitgebracht hatte, um das Warten zu verkürzen, nahm er, der noch nie soviel auf einmal geredet hatte, zwei lange Schlucke, und dabei hüpfte heftig sein Adamsapfel, der locker war, seit man ihn in Rennes gehängt hatte. Dann säuberte er sich sehr sorgfältig am Ärmelaufschlag.

»Infolge eines Gerüchts, das insgeheim in Guimiliau umlief, erfuhr die Weberin von dem, was man gegen die Frucht ihres Leibes im Schilde führte, und beschloß, ihren Sohn als Opfergabe nach Saint-Pol-de-Léon zu bringen, mit einem wächsernen Köpfchen in den Händen und wie die ersten Christen gekleidet, und zwar an dem Tag, an dem dort das Fest der Korbflechter von Kerjean gefeiert wurde.

Die Mutter kniete vor dem Heiligen nieder, mit dem Kind im Schoß, denn der kleine Schieler dürfte so um die neun Jahre gewesen sein, und bat den heiligen Hippolytus, er möge ihn heilen oder von ihr nehmen, denn das sei kein Leben, und man habe sich in Guimiliau der fixen Idee verschrieben, den Schieler zu ertränken oder ihm den Kopf mit Steinen zu zerschmettern. Weinend bat die Mutter den hochgeschätzten Heiligen um Hilfe und versprach ihm sogar ein silbernes Auge, während draußen die Korbflechter das Feuerwerk veranstalteten, für das sie so berühmt sind, in jenem Jahr feierte ein Feuerrad Premiere, das »Die Belagerung von Arras« hieß, und ein anderes hatte der Valencianer aus Brest, der beste Feuerwerker, den es damals in der Bretagne gab, als Geschenk geschickt, und dieses Rad hieß ›La noya bomba‹, was katalanisch ist und ›Das Bombenmädchen‹ bedeutet, und dieses brannte gerade ab, als ein leuchtender Feuerwerkskörper, der auf einen Stab montiert war, welcher zum Sonnenschirm der Figur gehörte, gegen die Laterne der Apsis prallte, zwei Glasscheiben zerbrach und direkt auf der Mitra des Heiligen landete: ein Funkenregen fiel auf Mutter und Kind nieder, wobei das Schicksal es so wollte, daß der größte dem Schieler das gesunde Auge verbrannte, so daß er vom Einäugigen zum Blinden wurde. Die Blinden waren einst, wie Madame sagte, heilig in der Bretagne, weshalb man dies als ein Wunder des heiligen Hippolytus betrachtete, der einen so überraschenden Weg gefunden hatte, um die Nachfrage zu befriedigen. Das Haus der Weberin füllte sich mit milden Gaben, und sogar der Besitzer des Stieres kam auf Knien von Clouet nach Guimiliau, mit zwei Dutzend Eiern in einem Korb, und es kamen Leute aus dem Adel, um den Kopf des kleinen Blinden zu berühren. Aber dieser wurde garstig und absonderlich, während er heranwuchs, und verfiel darauf, die Leute anzuspucken, die kamen, um ihn anzufassen, und den Besuchern obszöne Gesten zu machen, was ein großer Verlust für die Mutter war, die geplant hatte, ihn als Heiler in Huelgoat unterzubringen, und mit dem Ruf, den er als wundertätig hatte, würde er einen guten Reingewinn erzielen. Man mußte ihn also nach Paimpol zum dortigen Blinden schicken, wo er ein wenig Geigenspiel lernte, und bald schon besuchte er die Feste zu Ehren der Heiligen mit Liedern, die er erfand, und man sagt, er sei zu allen Festen in der Bretagne gegangen, außer zu dem, das in Saint-Pol-de-Léon die Korbflechter von Kerjean feiern. Ich frage mich, ob der verurteilte Blinde der ist, von dem ich gesprochen habe.«

»Auf der Bekanntmachung, die man angeschlagen hat, stand kein Name«, versicherte der alte Mezidon.

Monsieur de Nancy hörte weder auf zu schnupfen, noch wandte er den Blick von der Guillotine, die auf einem ellenhohen Gerüst genau in der Mitte des Platzes stand, bedeckt mit der Trikolore und bewacht von einem Trupp Füsiliere, die von einem zu Pferde befehligt wurden, der eine lange weiße Tonpfeife rauchte. Als die Uhr des Schlosses der Herzogin Anne elfmal geschlagen hatte, kam einer im schwarzen Gehrock, der als Schärpe die Fahne der Republik trug, und Mezidon sagte, er sei ein Pariser, genannt der Substitut Toulet, der gekommen sei, um Monsieur de Bretagne die Anwendung der Guillotine zu zeigen; es begrüßten ihn die von der Miliz mit wenig Aufhebens, und der Berittene schenkte ihm überhaupt keine Beachtung. Ein paar Leute versammelten sich auf dem Platz, vor allem Kinder. Der Substitut Toulet stieg auf das Gerüst und enthüllte die Guillotine mit Hilfe eines Milizsoldaten. Monsieur de Nancy studierte vom Balkon aus die Maschine. Die Sonne spiegelte sich in der großen Klinge, und der Milizsoldat rieb sie mit seiner phrygischen Mütze noch ein wenig blanker.

Der Substitut hatte sich auf die Stufen des Gerüsts gesetzt und fächelte sich mit seinem roten Zylinder Luft zu. Der Berittene hatte sich im Trab dem Eingang der Postschenke genähert, und ein junges Mädchen trat heraus und gab ihm einen Krug mit Wein. Er trank langsam, und zwischen Schluck und Schluck plauderte er mit dem Mädchen, das sich nicht halten konnte vor Lachen.

Monsieur de Nancy fragte den alten Mezidon, ob er den Substitut Toulet kenne, und der Alte sagte ja, der sei nämlich nur mit dem, was er auf dem Leib trug, aus Paris gekommen, und er habe ihm ein Paar Wollstrümpfe verkauft, denn im April sei Dinan recht feucht, und Toulet habe so lange gehandelt, bis er sie zu einem halben Franken erhalten habe, was einen leichten Verlust bedeute.

»Dann könnten wir uns also mit ihm unterhalten! Diese Vorrichtung verdient es, aus der Nähe betrachtet zu werden.«

Und dabei legte er Mezidon einen halben Louis in die Hand, womit dem Altkleiderhändler die Zweifel schwanden, ob er als Führer dienen sollte oder nicht.

Die Verstorbenen sahen sich vom Balkon und aus dem Fensterchen an, worauf diese Laune von Monsieur de Nancy hinauslaufen würde, der mit dem alten Mezidon den Platz überquerte, und die meisten Leute blieben stehen, um ihn anzuschauen, denn er trug prächtige Kleider, die nicht mehr Mode waren. Ein Füsilier versperrte ihnen bei den Stufen des Gerüsts den Weg, und Mezidon half sich aus der Klemme, indem er sagte, dieser Herr sei ein Bürger aus Cherbourg, den man auf dem Weg von Dinard ausgeraubt habe, und die Kleider, die er trug, habe er ihm verkauft, und er sei ein Bekannter des Substituts Toulet und wolle ihm etwas ausrichten. Der Substitut war in diesem Augenblick dabei, mit dem Milizsoldaten die Fahne zusammenzufalten, welche die Guillotine bedeckt hatte, und sie stiegen auf das Gerüst hinauf. Monsieur de Nancy gab sich für einen Bekannten des Substituts aus, drückte ihm die Hand und legte ihm dabei eine Goldmünze hinein, die er sich von Oberst Coulaincourt geliehen hatte.

»Ich weiß noch immer nicht, wie geschehen konnte, was dann geschah«, erzählte Monsieur de Nancy, als die Nacht jenes Tages die Horde in der Gegend von Combourg überraschte. »Ich erdreistete mich, ihm zu sagen, wer ich gewesen war, Henker von Lothringen, jetzt ein vakanter Posten, seitdem ich das Land verlassen hatte, und ich belog ihn, als ich ihm sagte, es sei wegen Weibergeschichten gewesen, und fragte ihn, ob er Verwendung für mich habe, ich sei sehr seriös mit den Verurteilten und gesetzestreu. Der Substitut Toulet war ein dicker, wortreicher Mann und sagte mir, er habe nie in diesem Metier gearbeitet, er sei Uhrmachergehilfe im Parlament von Paris und habe sich in die Vorführung der Guillotine verwickelt gesehen, um einigen Schulden und der Schande zu entgehen, daß seine Frau, die sehr jung war, begonnen hatte, mit ihrem Körper das Nötige zusammenzubringen, um sie zu bezahlen, und was sein neues Amt betreffe, so sehe er den Verurteilten nicht einmal an, und wenn er die Kette loslasse, dann schließe er sogar die Augen, um so mehr, da in Dinan bislang nur die Köpfe von Leuten aus dem gemeinen Volk gerollt seien. Ich fragte ihn, sehr geschmeichelt von soviel Vertrauen, ob er mir eine Vorführung machen könnte, und zuerst probierte ich die Bequemlichkeit der Stelle aus, wo man den Kopf hinlegt, und ich legte mich auf die Seite, aber er sagte mir, so nicht, man müsse niederknien wie in der Kirche und das ausgeschnittene Brett wie einen Latz umtun und den Kopf senken, ohne ihn zur Seite zu drehen, und obwohl er seit seiner Ankunft in Dinan wegen der in der Stadt herrschenden Feuchtigkeit unter Erstickungsanfällen litt, wollte er mir die richtige Position zeigen, kniete nieder, machte den Hals, so lang er konnte, und legte sich sehr passend in die Öffnung. Na und ich, was dachte ich wohl, was für vergangene Tage kamen mir wohl in den Sinn, wie ich da auf einem Schafott stand, in der Mitte eines Platzes und mit dem Tod in der Hand? Nur mit dem kleinen Finger rührte ich an die Kette, und wie ein

Blitz sauste die Klinge auf den Hals des Substituts Toulet herab und durch ihn hindurch, als läge Butter und nicht ein Mensch darunter. Glatt und sauber fiel der Kopf! Mich ekelte ein wenig das viele Blut, das heraussprudelte. Dann sprang ich auf das Pferd des Offiziers, der abgesessen war und sich gerade die tönerne Pfeife am Fuß der Guillotine anzündete. Sogleich ertönten die Schreie der Leute, die bemerkt hatten, daß der Kopf des Substituts Toulet gerollt war, und wie ich so fix davonritt, Herr Oberst, konnte man mir ansehen, daß auch wir in Lothringen gute Reiter sind.«

»Über dieses Abenteuer und die verlorene Goldmünze komme ich nur um des Blinden von Guimiliau willen hinweg, der nicht geköpft wurde«, sagte der Oberst.

»Ich hatte nicht die Absicht zuzusehen, wie man ihm den Kopf abschneiden würde«, versicherte Madame de Saint-Vaast, welche mit Hilfe des Kantors Blüten von einer Kamillenstaude pflückte, die inmitten der Wiese wuchs.

»Blinde sind nicht von dieser Welt«, sagte Sabat.

»Das römische Gesetz macht keine Ausnahme mit ihnen«, argumentierte der Notar.

»Aber es ist und bleibt doch eine Gemeinheit«, unterbrach der Oberst.

Monsieur de Nancy bot Schnupftabak an, und nachdem er jene Nieser von sich gegeben hatte, die ihm so variabel gelangen, erklärte er:

»Wenn man es recht bedenkt, ist die Guillotine für viele Leute ein Fortschritt, vor allem, wenn sie wie in Dinan perfekt justiert ist.«

III

Sie standen an der Kreuzung von Plemille, in der heiteren Landschaft der Samble, in einem kleinen Erlengehölz neben einem Sumpf, damit der Herr Kantor aussteigen und Wasser lassen konnte. Jenes alte Tiefland der Samble ist wunderschön, der Flachsfelder wegen, und an jenem Morgen, nach dem Regen, stimmte ihr Anblick besonders froh.

»*Ich* würde gerne zu dieser Vorstellung im Vorhof von Comfront gehen«, sagte Oberst Coulaincourt. »Mich hat das Theater immer sehr angezogen.«

»Und was führen sie auf?« fragte der Medikus Sabat.

»Leiden und Tod der treuen Liebenden Romeo und Julia in der schönen Stadt Verona in Italien«, sagte der Notar, der das Plakat an der Schranke des Wegezolls las.

»Und die Komödianten sind auch aus Italien«, sagte der Kantor, während er sich im Gehen die Bänder seiner Beinkleider zuband. »Wenn nicht alle, so doch ein Teil, denn hier steht eine Primadonna, die Jacomini da Monza heißt.«

»Man sagt«, versicherte der Junker von Quelven, »daß die meisten Italienerinnen, wenn sie das Bett verlassen, nachdem sie gegen das sechste Gebot verstoßen haben, sich ans Fenster stellen und singen. Diese Lüge hat man bereits über die Königin Katharina von Medici verbreitet.«

»Und von diesem Schwindel kamen dann die ganzen Fronden und Aufstände«, bemerkte Coulaincourt und hieß alle einsteigen.

Ein paar Berittene kamen vorbei und grüßten und machten unter sich eine Bemerkung darüber – und das hörten die in der Kutsche –, ob die darin Reisenden nicht vielleicht die Komödianten waren, die sich nach Comfront begaben, um dort eine Vorstellung zu geben. Wenig Mühe kostete es den

Oberst und Madame, die gestand, sie habe in ihrer Jugend einen Roman über den nämlichen Romeo gelesen, der ein sehr trauriger junger Mann sei, die Horde zu überreden, den Berittenen bis zum Vorhof von Comfront zu folgen, wo die Komödianten angesichts der Tageszeit schon dabei sein mußten, die Bühne aufzubauen und Vorhänge anzubringen. Comfront liegt auf einer Anhöhe und ist ein Wollmarkt in einer Gegend mit guten Weiden. Es war einmal ein berühmtes Schloß gewesen, aber in der modernen Zeit war der Ort für eine verdrehte Wolle bekannt, die »dovinet« heißt und gut ist für Perückenfüllungen, weil sie leicht ist im Sommer und im Winter schön warm hält.

»Für die Zeit, in der Euch nachts die Büste schwindet«, sagte der Junker zu Madame de Saint-Vaast, »könnt Ihr Euch ein ›dovinet‹-Kissen kaufen, denn es bereitet mir den größten Kummer, wenn ich zur Nacht sehen muß, wie die Spitzen Eures Kleides sich der Leere wegen an Eure Rippen heften und wie die kleine Schlucht, die Ihr zur Schau trägt, dieses kleine Tal zwischen den beiden Brüsten verschwindet.«

»Dies sind keine Zeiten für Lustbarkeiten, Herr Junker«, sagte Madame de Saint-Vaast, dankbar für die Schmeichelei. Sie fuhren schon die leichte Steigung von Comfront hinauf, und die Kinderschar, die wohl auf irgendeinen Besuch, vielleicht auf die Komödianten aus Italien, wartete, lief dicht neben der Kutsche her und versuchte, vorne und hinten hinaufzuklettern. Und man hielt sie wirklich für die Komödianten, die noch nicht eingetroffen waren: der Bürgermeister von Lanrivain hatte sie nämlich verhaftet, wie man Tage später erfuhr, weil er ihnen den Raub eines Kindes in einer Herberge zur Last legte.

»Ein schöner Irrtum!« sagte der Notar, als er sah, daß man ihn für den Vater Capulet hielt.

»Mamers!« rief der Oberst dem Hinkefuß auf dem Kutschbock zu, »rasch, fahr zu!«
Aber schon in der Kurve war die Straße mit einer rot und gelb angemalten Schranke versperrt, die zur Lehnsherrschaft von Tremanle gehörte.
»Meine Herren Komödianten, es wurde aber auch Zeit! Die Leute sind schon auf dem Vorhof! Und wo ist diese verliebte Julia?«
Der da so laut und gebieterisch sprach, war der Bürgermeister von Comfront, ein Buckliger, der Quecksilber im Körper zu haben schien, mit feierlichem Schnauzbart und grünem Rock, mit der Stirnlocke, die der Bürger Saint-Just in Mode gebracht hatte, mit der Trikolore als Schärpe, und als Stock hatte er ein Gewehr mit Bajonett, das ihn um drei Handbreit überragte und ebenfalls reich mit Trikoloren bebändert war. Die Insassen der Kutsche schauten sich an. Die Leute kamen, um die Truppe Jacomini zu begrüßen, und der Bürgermeister befahl Mamers, die Kutsche in den Vorhof zu bringen, hinter das Pfarrhaus, dort sei ein fahrbarer Weg. Die Insassen der Kutsche mußten aussteigen, und man bewunderte vor allem Madame de Saint-Vaast, die sich mit dem Ende ihrer Federboa Luft zufächelte, war sie ihr doch weggeblieben, als sie sah, daß man sie für die Jungfer Julia hielt. Und so kam es, daß im Vorhof von Comfront das Stück über Romeo und Julia von der Horde der Toten aufgeführt wurde, die durch die Bretagne irrte.
Die Bühne für die Vorstellung war vor der Mauer der alten Kirche errichtet worden, und man hatte sie mit Heiligen des Kalvarienbergs abgestützt, denn zu jener Zeit waren in Frankreich die Regeln höheren Anstands nicht mehr Usus. Der Vorhof war wirklich voller Leute, und Oberst Coulaincourt, der von allen am meisten Theater gesehen hatte, sagte

dem Herrn Kantor, es sei am besten, zu Beginn das Bombardin zu spielen, während er, solange das Konzert dauerte, versuchen würde, sich mit den anderen Verstorbenen über die Geschichte zu einigen. Der Kantor blies sehr gemessen eine Pavane und danach einen Hoftanz, und es gab starken Applaus. De Crozon wurde rot, wenige Dinge im Leben hatten ihm soviel Freude bereitet. Wenn er heil aus diesem Abenteuer herauskäme, dann wäre es Zeit, an Konzerte zu denken. Coulaincourt flüsterte ihm ins Ohr, er solle einen Marsch spielen, solange sie am Thema arbeiteten, und während der Kantor spielte, hängte der Junker von Quelven mit ein paar Stricken einen Teppich auf, den der Bürgermeister ausgeliehen hatte und auf dem ein Platz mit Arkaden dargestellt war, und an einem Brunnen, der sich darauf befand, war ein Lautenspieler eingeschlummert, und der Notar, der sich auf einem Grenadierhelm ein paar Federn befestigt hatte, da er die Rolle des Bannerherrn spielen würde, stellte auf der Bühne ein paar Leute aus Comfront im Kreis auf, und der größte der Männer, ein leicht blasphemischer Bortenwirker, hielt an einem Stock ein Plakat in die Höhe, auf dem in großen Lettern stand: »Dies ist das Volk von Verona.« Der Henker von Nancy glitt zwischen ihnen hin und her, um ihnen zu soufflieren, wann sie rufen und den Blick nach rechts wenden sollten. Der Gemeindetrommler machte einen feierlichen Paradetrommelwirbel, und der Kantor rief, wie man ihm aufgetragen hatte:

»Aufführung von Romeo und Julia, berühmt als Liebespaar!«

Im Vorhof von Comfront hätte man einen Schmetterling flattern hören können.

Berühmtes Liebespaar

Unter den Papieren des Kantors de Crozon befand sich, in Form eines Theaterstücks, die Handlung, die Oberst Coulaincourt de Bayeux und Madame Clarine de Saint-Vaast zusammengebastelt hatten, und alles, was dort nach dem Ende jener Vorstellung auf dem Vorplatz von Comfront noch geschah und unser Kantor später, schon zur Zeit des Kaiserreichs, von einem aus dem Ort erfahren hatte, der ihn auf einer Promenade in Pontivy erkannte.
Hier nun, ohne schmückendes Beiwerk, die Schrift des Kantors, in der folgendes steht:

Einziger Akt

Die Bühne stellt den Platz von Verona dar. Neben dem Brunnen schläft ein fahrender Lautenspieler, der während des ganzen Stückes nicht aufwachen wird.

Erste Szene

Der Platz füllt sich nach und nach mit Menschen, die sich angeregt unterhalten. Ein paar Burschen singen. Ein Soldat tritt nach vorn, wirft die Waffen zu Boden und nimmt Helm und Harnisch ab.

SOLDAT: Elf Jahre hab ich euch durchgeschwitzt! Endlich, nach elf Jahren, haben diese traurigen Schweizer die Belagerung von Verona aufgehoben. Wie aschgrauer Nebel klebten sie an den Mauern unserer Stadt.

ZWEITER SOLDAT: Sie öffnen schon die Tore!

ZIVILIST: Ich habe vom alten Turm aus gesehen, wie die berittenen Bogenschützen den Fluß überquerten. Das wird doch keine List sein, Herr Soldat?

SOLDAT: Selbst wenn es eine wäre! Elf Jahre Hunger und Angst! Jemand mußte dieses schwarze Band durchschneiden!

Die Einwohner von Verona – Soldaten, Zivilisten, Frauen, Kinder – berichten, von der Mauer herab, den Untenstehenden.

ZIVILIST: Das Lager der Schweizer brennt! Sie verbrennen, was sie nicht mitnehmen können!

ALTE FRAU: Sie verbrennen sogar die Brotrinden, die sie weggeworfen haben!

KAUFMANN: Die Schweizer sind eben ganz verrückt nach der Krume.

ZIVILIST: Unter den Geldwechslern ging die Rede davon, daß morgen Getreide aus Mantua kommt.

SOLDAT: Wer weiß, ob es noch ein Mantua in der Welt gibt.

ZIVILIST: Es gibt also Kunde davon, daß sie Mantua verbrannt haben?

FRAU: Sie werden Mantua verbrennen, und es wird kein Getreide kommen! Die Schweizer werden kein einziges Korn in der Welt übriglassen!

ZIVILIST: Wölfe sind sie!

FRAU: Mißgeburten sind sie!

SOLDAT: Die Schweizer kommen alle mit dem Kopf voran zur Welt und haben dabei ein Bein um den Hals gewikkelt.

ALTE FRAU: Kämen sie doch gehenkt zur Welt!

SOLDAT: Man sagt, ein Bote kommt aus Mantua und hat schon den Fluß überquert!

FRAU: Mantua, hat ein anderer Herr Soldat gesagt, haben sie verbrannt.

ZIVILIST: Dann wird es eben ein Bote aus Venedig sein.

FRAU: Es kommt ein Bote zu Pferde aus Venedig. Man hat schon gesehen, wie er den Fluß überquert hat.

KAUFMANN: Zu Pferde kann nicht aus Venedig sein. Der würde übers Meer kommen. Er wird aus Siena sein, wenn sie denn Mantua verbrannt haben.

FRAU: Ich habe einen Vetter in Siena, der Schuster ist, gleich neben der Porta Romana. Er macht den Kindern der Tolomei die Sandalen.

MÄDCHEN: Ein junger Mann mit einer Federkappe?

KAUFMANN: Boten werden im Adel rekrutiert.

Trompeten geben ein Signal, fern die ersten, nah die zweiten.

SOLDAT: Sie rufen zur Versammlung und zum Exerzieren.

ZIVILIST: Da kommt der Bannerherr.

ALTE FRAU: Die Reichen sind in Verona jetzt so mager wie die Armen.

Zweite Szene

Es tritt der Bannerherr auf, gefolgt von vier Senatoren. Sie steigen auf eine Galerie, unter der sich ein Säulengang befindet.

BANNERHERR: Freunde, Bürger von Verona, arme Leute, meine Herren Soldaten: Die Schweizer sind endlich fort. Elf Jahre hatten wir sie wie den Strick des Henkers am Hals. Elf Jahre Tod, Hunger, Durst und Angst. Nicht freien Menschen aus Verona gleichen wir, sondern einer Gesellschaft von Gespenstern, die über Plätze und Straßen und Kasernenhöfe irrt... Kein Grashalm wächst mehr in Verona, denn er wurde von den Müttern gegessen, damit sie ihre Kinder stillen konnten. Keine Nachtigall singt mehr im Pinienwald, denn sie wurde von den jungen Mädchen verzehrt, damit sie ihren Verehrern mit etwas mehr als dem bloßen Skelett gegenübertreten konnten. Und niemand in Verona hätte singen können, denn es gab keine Luft, weil unsere Tore elf Jahre lang geschlossen waren. Die Schweizer gehen, und wir wachen allmählich auf, wie ein rosiger Morgen nach einer langen Winternacht. Was an diesem Abzug der Schweizer wahr ist, werden wir jetzt erfahren, denn man kündigt uns einen Boten aus Siena an, der gerade den Fluß überquert.

FRAU: Wird er Brot bringen, Euer Gnaden?

ZIVILIST: Wird Getreide aus Mantua kommen?

SOLDAT: Wann wird man in Verona wieder Ochsenfleisch aus Venedig verkaufen?

FRAU: Wir wollen Brot! Eine Rinde, Euer Gnaden!

SOLDAT: Es wäre besser, man bekäme vorher etwas zu essen, damit man dem Boten aus Siena in Ruhe zuhören kann.

BANNERHERR: Wenn der Bote aus Siena keine Nachricht bringt, dann ist das ein Zeichen dafür, daß der Weg frei ist, und es wird Getreide eintreffen, und ihr werdet jeden Tag Ochsenfleisch aus Venedig essen.

ZIVILIST: Und was ist mit dem Wein?

SENATOR: Auch Wein wird kommen. Warten wir auf den Boten, erfahren wir, was es in der Welt Neues gibt, wer Freund ist und wer Feind.

SOLDAT: Er gelangt schon an die Tore. Er bringt einen Sack voller Briefe!

In der Ferne ist eine Trompete zu hören, die ein vereinbartes Signal von sich gibt.

Soldat: Das ist der Wachtposten der Porta Favencia. Der Bote ist schon da.

Tiefe Stille. Man hört die Hufe des Pferdes auf den Steinplatten des Platzes. Der Bote galoppiert auf die Bühne. Es ist ein junger Bursche mit einem silbernen Helm und einem roten Mantel. Am rechten Arm trägt er ein grünes Band.

Dritte Szene

Bannerherr: Wo kommt Ihr her, Herr Bote?

Bote: Aus der Stadt Siena, Euer Gnaden. Die Wege sind schon frei. An der Furt von Pratto Girgenti fraßen zwei Raben am Bauch eines ertrunkenen Schweizers.

Bannerherr: Bringt Ihr Briefe aus der Stadt Siena für unser armes Verona?

Bote: Ich habe nur einen Brief im Sack. Hier steht die Anschrift, auf diesem Seidenband, das ich am Ärmel meines roten Mantels trage.

Bannerherr (lesend): »Für die hochtraurige Infantin von Verona, Donna Julia.«

Frau: Was gibt es Neues über das Brot?

Soldat: Wo sind meine Ochsen aus Venedig?

Zivilist: In der Zwischenzeit und weil er keine Nachrichten bringt, könnten wir doch sein Pferd essen.

Chor: Man soll das Pferd als Ration verteilen! Es gibt kein Brot aus Mantua! Auch Mantua haben sie verbrannt! Es gibt niemanden mehr in der Welt! Wir sind allein auf der Welt! Nur noch die Schweizer und wir! Das Pferd! Tötet das Pferd!

Bannerherr: Still, still! Vielleicht enthält dieser Brief ja Nachrichten für alle, für die ganze Stadt Verona. Womöglich kennt der Schreiber in der Stadt niemanden sonst als

Donna Julia. Vielleicht bringt er Nachrichten vom Getreide aus Mantua, von den Ochsen aus Venedig, vom Wein und von den Freunden, die uns noch bleiben.

Chor: Lest rasch den Brief! Was sagt der Brief? Wer ist Donna Julia? Sie kommt aus einer hochherrschaftlichen Familie. Sie ist eine berühmte Liebende. Eine von den Capulets, die ein Kind von einem Schmied bekam? Nein, die hat kein Kind bekommen, sie ist eine von den Montagues vom alten Platz. Auch das ist eine Kaste von Leuten mit losen Sitten. Sie ist ganz jung. Sie haben ihr Vermögen mit Zwiebeln gemacht, die sie nach Venedig schickten. Auch Seidenfaden haben sie gesandt. Wird dieser Brief nun gelesen oder nicht? Wir wollen Nachrichten!

Bannerherr: Man wird Donna Julia rufen. Bewahrt die Ruhe. Sie wird den Brief lesen, wenn sie lesen kann, und wenn nicht, dann wird er von einem der Herren Senatoren gelesen. Da ist Donna Julia schon.

Vierte Szene

Julia betritt den Platz. Große Stille. Sie steigt dort hinauf, wo sich der Bannerherr und die Senatoren befinden.

Bannerherr: Madame, ein Bote aus Siena bringt Euch einen Brief. Die Anschrift steht auf dem Band, das er am Ärmel des roten Mantels trägt: »Für die hochtraurige Infantin von Verona, Donna Julia.«

Bote (kniet nieder): Madame, wer diesen Brief mit dem Schnabel eines Vögelchens unterschrieben hat, das diesen Winter in seinen Händen verstarb, sagte zu mir: Auch ohne jede Anschrift wirst du sie finden, denn wer fände nicht den Mond am Himmel?

Julia: Romeo, womöglich?

BOTE: Ja, meine Dame, Romeo.

JULIA (führt den Brief an die Lippen, liebkost das Seidenband am Ärmel des Boten): Mit meinen Händen pflücke ich die Tage in meinem Herzen und säe sie aus in die Erde. Was will die Liebe von euch, frage ich einen nach dem anderen, denn jeder ist von ihrer Träne durchduftet. Selbst wenn euch Lilien entsprössen, flüstere ich ihnen ins Ohr, bevor ich sie in der Einsamkeit meines Körpers begrabe, könnte die Zeit etwas anderes sein? Sendet er mir ein Lächeln durch die Luft? fragte ich die Windmühlen und die Wetterfahnen meiner Jugend. Schickt er mir ein Lächeln auf dem Wasser? fragte ich die Barken, die sich am Ufer wiegen. Oder beherrschen die Reisigen auch die Paläste der Winde und die Wellen der Flüsse? *(Entrollt den Brief)* Und was anderes mag Romeo hier sagen als Worte, die sich über die Wangen legen und für Tränen aus Liebe gelten können? Wie lange schon, Liebe, hast du aufgehört, ein heiterer Mai zu sein!

Sie entrollt den Brief ganz und liest, an eine Laterne herantretend, die der Bannerherr an einem Pfosten aufgehängt hat.

JULIA: »Ich verlor die Gewohnheit nicht, zu dir zu sprechen, denn Tauben habe ich, Julia, zu Nachbarn in Siena. Ich verlor die Gewohnheit nicht, dich zu hören, Turteltaube mit den blinzelnden Augen des Morgens, aber anstelle meines Herzens befiehlt ein müdes Gefäß voller Erinnerungen meinem Blut, zu kommen und zu gehen ... Ich drücke Lilien an meine Brust und sage: Julia! Ich betrete träumend dein Gemach, und der Staub, der mich bedeckt, Asche von Rosen, die deine Liebe in mir wachsen ließ und die starben, kaum hörtest du auf, sie anzuschauen, ist schwarze, kalte Erde, die aus mir einen Toten macht, den man aus dem Grab geholt hat! Ein Gespenst bin ich der dahingegangenen Tage, und deshalb siehst du mich nicht, noch hörst du mich, wenn ich wie ein Schatten durch das Feuer deiner Arme gleite, und dann zerspringe ich vor Durst und komme wieder zu mir, noch erschöpfter von der Mühe, durch einen Traum hindurch mein Fleisch und deine Seele wieder zum Leben zu erwecken. Wer im Dunkeln solche Gefäße schafft wie wir, Julia, sollte mehr auf den Wein achten, mit dem er sie füllt.«

Jetzt folgt, am Rand und mit roter Tinte, eine Anmerkung des Kantors, in der es heißt: »An dieser Stelle begann es zu dunkeln, und allmählich kamen die Skelette zum Vorschein.«

JULIA (liest weiter): »Könntest du mit deinen kleinen Händen des Nachts die Luft mit Wohlgeruch erfüllen und mir ein zimtenes Gedenken mit der Brise senden?«

Im Licht der Laterne ist zu sehen, daß Julias Hände fleischlos sind. Entsetzt läßt sie den Brief fallen. Der Chor bricht in lautes Rufen und Weinen aus, gefolgt von den Leuten im Vorhof, so daß Theaterhandlung und Leben sich vermischen.

CHOR: Die Schweizer sind abgezogen, weil die Pest kam! Er brachte keine Liebe, er brachte Pest! Die schwarze Pest! Es kam die Pest aus Siena!

Die ganze Truppe ist jetzt ein Gewimmel von Skeletten, die sich vor dem Teppich des Hintergrunds abheben.

CHOR UND LEUTE AUS COMFRONT: Die Pest! Die Komödianten haben sie gebracht! Die schwarze Pest aus Italien! Der Liebe saß die Pest in den Knochen! Seht den Tod an! Die Pest! Die Pest!

Der Chor und die Leute fliehen. Der Vorplatz bleibt verlas-

sen zurück. Das Pferd, auf dem der Bote gekommen war, steht als Skelett auf dem Platz. Es ist das Pferd La Garde von Oberst Coulaincourt, der sich von der Bühne herab auf seinen Rücken schwingt und funkenstiebend in die Nacht davongaloppiert. Noch immer sind Schreie zu hören, und man sieht Lichter, die sich auf den Wegen entfernen.

CHOR UND LEUTE: Die Pest ist in Verona! Die Pest ist in Comfront! Die Pest ist in der Welt!

Die Verstorbenen erreichen die Kutsche, und Mamers jagt mit ihr im Galopp der beiden angeschirrten Pferdeskelette über den Vorplatz. Aus einem Winkel des Platzes kommt, als die Kutsche hinter der Kurve des Ortes verschwunden ist, ein kleines Mädchen, eine zerlumpte Bettlerin, geht langsam auf den Pfosten mit der Laterne zu, hebt das Papier auf, das Julia auf den Boden fallen lassen hat, und beginnt zu lesen.

MÄDCHEN: Da steht ja gar nichts geschrieben, keine Spur von an die Brust gedrückten Lilien oder zimtenem Gedenken in der Brise. Ah, auf der anderen Seite! (*Liest*) »Bürgermeisteramt von Comfront (Landes). Erlaubnis für den Flußwächter Chaillot alias Braque, mit der Bürgerin Bonet alias Fleur Tranquille am sechsten Floral die Ehe zu schließen. Ein Franken für die Erlaubnis. Erlaubnis für die alte Goman, donnerstags auf dem Markt die Pferdeäpfel einzusammeln. Kostenlos. Erlaubnis für den Schneider Terne, nationale Knöpfe an die Hosen zu nähen. Zwei Franken.«

Eine blinde Alte nähert sich dem Mädchen, mit dem Stock den Boden abtastend.

ALTE: Mädchen, Mädchen, gibt man samstags in Lanrival wieder Brot als Almosen?

MÄDCHEN: Meine Mutter, meine Mutter, es gab gar keinen Romeo, kein Gedenken, keine Lilien!

Das Mädchen weint in den Armen der blinden Alten. Ein Windstoß reißt den Teppich im Hintergrund der Bühne herunter.

IV

Im Januar feierte seinen Geburtstag der Herr Junker von Quelven, von dem noch nicht gesagt wurde, daß er Quay Pierre Le Bec-Hellouin hieß, und an diesem Tag mußte der Junker bereits in seinem Grab auf dem alten Friedhof von Quelven liegen, dessen Zypressen man sieht, wenn man von Pontivy heraufkommt, aber zuvor wollte Don Quay Pierre sich nach Bagnoles de l'Orne begeben, um ein Schlammbad zu nehmen, denn zu Lebzeiten hatte er stets im Herbst dieser Gewohnheit gefrönt, und nebenbei wollte er sich von einem Fräulein von Vitré verabschieden, die sich durch einen Schrecken, den ein tollwütiger Hund ihr eingejagt hatte, ihrer Stimme beraubt sah und ebenfalls Bagnoles besuchte, um Dampfbäder zu nehmen, und dieses Fräulein war die jüngere der beiden Töchter, welche der Herr Graf von Laval in wilder Ehe mit einer Zuckerbäckerin aus Le Mans gehabt hatte. Um den geplanten Abschied süßer und gefühlvoller zu gestalten, wollte der Junker dem Fräulein erzählen, daß er sich in England der Kriegsflotte der Fürsten anschließen würde und daß er in der Einsamkeit von Quelven das Bombardin gelernt hätte, um in der Musik Trost zu finden, und ihr bei Einbruch der Nacht eine selbst komponierte Serenade im Garten von Mortagne darbringen würde. Und geplant war, daß der Kantor in der Dunkelheit für ihn spielen sollte. Nur der Junker und der Kantor würden Bagnoles de l'Orne betreten, der Rest der Gesellschaft würde in den Ruinen von La Ferté-Macé warten, denn man hielt es für sicher, daß der Herr von Guy Parbleu, genannt Salomon Capitan, dort vorbeikommen würde, und wollte sehen, ob er den Pakt, den er mit dem Klappergestell geschlossen hatte, einhielt oder nicht.

In Bagnoles mietete der Kantor ein Kämmerchen in der Herberge Zum Neuen Frankreich, und es behagte ihm, zwei Tage lang warm und zu seiner Zeit zu essen und in Ruhe zu schlafen, was er nicht mehr getan hatte, seitdem er den gebügelten Laken von Madame Clémentine entrissen worden war. Der Junker hatte sich ein Versteck in den alten Bädern gesucht und würde am Samstag in Erscheinung treten, sowohl, um durch die Straßen zu spazieren, als auch, um das Fräulein von Vitré zu begrüßen, das der stürmischen Zeiten wegen ein sehr zurückgezogenes Leben im Haus einer Näherin führte, denn es hatte sich in der Bretagne herumgesprochen, daß der Zorn der Sansculotten sich mehr gegen die Bastarde als gegen die rechtmäßigen Kinder des Adels richtete, was daran lag, daß Bastarde immer besonders hochmütig geraten. Der Kantor verbrachte die Zeit von Donnerstag bis Samstag damit, in seinem Kämmerchen Toccaten von Rossini auszuschmücken, eine Serenade zu modulieren, die auf dem Papier »Laura sorride« hieß, und den Junker in seinem ständigen Husten nachzuahmen, damit das Fräulein von Vitré keinen Zweifel daran bekäme, daß es ihr Galan war, der ihr diese musikalische Nummer vorführte. Das Kämmerchen des Kantors im Neuen Frankreich besaß ein Fenster, das auf den Pferdehof der Poststation hinausging, und dort hielten sich immer Leute vom Personal und Reisende auf, und einige blieben stehen, um dem Bombardinkonzert zu lauschen.

Am Samstagmorgen erschien in der Herberge Zum Neuen Frankreich Monsieur Quay Pierre, bekleidet mit einem kurzen Gehrock und behängt mit Spitzen aus Alençon, seinen Stockdegen schwingend, und um die vornehme Herkunft zu vertuschen, trug er am runden Hut Federn in der Farbe der Trikolore. Der Kantor probte mit ihm die Serenade, und da es die Stunde war, in der die Postkutsche aus Paris eintraf, versammelten sich viele Leute im Hof, und es ärgerte den Kantor, daß, als er »Laura sorride« zu Ende gespielt hatte und das Publikum ihm heftig Beifall klatschte, der Junker kam und ihm das Bombardin aus der Hand nahm und sich am Fenster zeigte, als wäre er der berühmte Musiker gewesen.

»Nur für den Fall, daß dem Fräulein von Vitré Gerüchte zu Ohren kommen, mein Kantor!« sagte der Junker, während er dem Pfründner auf die Schulter klopfte.

Der Junker von Quelven begab sich also zum Haus der Näherin, um das Fräulein von Vitré zu begrüßen, und die Verabredung mit dem Kantor bestand darin, daß de Crozon, wenn die Uhr des Badehauses zehn Uhr zeigen würde, neben einem Brunnen stehen sollte, der Diana darstellte, im Garten von Mortagne, der gleich hinter dem Haus der Näherin lag, nur durch eine niedrige Lorbeerhecke von seinem kleinen hinteren Balkon getrennt. Und während Monsieur de Le Bec-Hellouin sich verabschieden ging, sah der Kantor keinen Verstoß gegen die Vereinbarung darin, daß er im Speiseraum der Herberge ein weiteres Konzert für ein paar Herren Marineoffiziere gab, die aus Marseille kamen und auf dem Weg nach Avranches zum Essen eingekehrt waren, und die Sache gestaltete sich sogar sehr angenehm, denn einer der Herren Offiziere wußte ein neues Lied, das sehr in Mode war bei frisch verheirateten Soldatenfrauen und »Le

cœur solitaire« hieß und in Wahrheit sehr traurig war. Der Kantor variierte es ein bißchen, um es auf dem Bombardin moderater zu machen, und gedachte, mit ihm die Serenade des Junkers zu beschließen. Die Herren Offiziere waren sehr großzügig in Trinksprüchen und trugen frischen Sold in der Tasche, und der Kantor nahm bereitwillig alle Einladungen an, wodurch Charles Anne, als die Kutsche nach Avranches abfuhr, einigen Rotwein und kreolischen Rum geladen hatte.
Der Pfründner nahm einen kleinen Abendimbiß zu sich, fuhr sich mit einem Kamm durch den Bart, der dicht und langgewachsen war, und rieb sich die Wangen mit einem Tropfen Rosenwasser ein, denn er hatte dort in der Herberge ein Riechfläschchen gekauft, um es Madame de Saint-Vaast in Erinnerung an ihre Abwesenheit als Geschenk mitzubringen, und mit dem Bombardinkasten unter dem Arm stand er Schlag zehn neben der Diana, welches ein sehr reizender Brunnen war, und ein Hund und eine Art Hirsch spieen Wasser aus ihren Mäulern neben den nackten Beinen der Waldfee. Das Zeichen, auf das der Kantor warten sollte, war ein Licht, das hinter dem Fenster im Erdgeschoß des Hauses der Näherin aufleuchten würde. Durch die Kühle des Gartens war dem Kantor schon der Rausch des Rotweins und des Rums verflogen, er hielt sich ganz nach seiner feinen Art, und als das Licht des Zeichens aufleuchtete, begann er gefällig mit einer Toccata von Rossini, und von ihr ging er zu einem Hoftanz aus Lyon über, und nach einer kleinen Pause spielte er »Laura sorride«, was ihm wundervoll gelang. Während er spielte, merkte der Kantor, daß jemand das Fenster öffnete, und obwohl der Garten von Mortagne dunkel ist, besonders in jenem Teil, der von der großen Mauer des Gemüsegartens der Kapuziner umschlos-

sen ist, konnte er sehen, daß eine weiße Gestalt sich in die Fensterleibung setzte. Und hörte er nicht ein ständiges Schluchzen? Der Kantor hustete fünfmal, um Monsieur Quay Pierre ähnlicher zu sein, und da es zu nieseln begann, obwohl es eher Nebel als Regen war, stimmte er »Le cœur solitaire« an, um jenem Abschied einen traurigen Abschluß zu verleihen, denn da verstorben war, wer ihn angeordnet hatte, konnte er wahrlich nicht trauriger sein. In jener Nacht klang das Bombardin menschlicher und hingebungsvoller denn je, die Melodie geriet ihm schmerzerfüllt, und den Schluß des neuen Liedes spielte er gedämpft. Der Kantor beendete sein Spiel, hustete wieder fünfmal, tat das Bombardin in den Kasten und wollte seine Schritte gerade der Herberge zulenken, als er hörte, daß jemand vom Fenster her psst! machte; er zögerte, denn dafür hatte er keine Anweisungen, aber nach dem psst! war neuerliches Schluchzen und sehr deutliches Weinen vom Fenster her zu hören, und er dachte, vielleicht würde dem Fräulein ein Abschiedswort in der tiefschwarzen Nacht zum Trost gereichen. Er trat an die Hecke heran und sah, daß man ihm vom Fenster her eine Hand reichte, und er schwang sich rittlings auf die Hecke und faßte diese Hand mit seinen beiden, wie jemand, der einen Vogel aus einem Suppennapf nehmen würde, und ihm schien, die Höflichkeit gebiete einen innigen Kuß, und er drückte seine Lippen auf jene feine Haut, die nach römischer Nelke duftete, und er drehte das Händchen sogar um, um es auch auf die Muschel zu küssen. Diese Liebkosung hatte Madame de Saint-Vaast ihn gelehrt, als sie in der Morgendämmerung Blumen auf den Wiesen von Combourg gepflückt hatten. Und er ließ sich schon zum Fenster hinziehen und suchte in der Finsternis auszumachen, wo jener runde Arm herkam, der an jener sanften Hand blühte, als er den Junker von Quelven hinter sich husten hörte. Auch er hustete, ließ jenes Liebchen fahren, das nicht aufhörte, psst! zu machen und zu schluchzen, nahm den Bombardinkasten und rannte durch den alten Garten, durch die verlassenen Straßen der Herberge zu, verfolgt vom Skelett des Junkers von Quelven, der sich verzweifelt bemühte, seinen Stockdegen auseinanderzuschrauben.

SCHLUSS

Sosehr er auch nach dem Türschlüssel suchte, er fand ihn nicht; er mochte ihn verloren haben auf der langen Reise. Er wollte klopfen, wie er es oft tat, wenn er ihn zu Hause vergessen hatte, aber er bemerkte, daß die Tür offen war. Er hörte, wie jemand in der Küche rumorte, aber er wollte nicht hineingehen, aus Angst, Madame Clémentine könnte einen Schrecken bekommen, weil sie ihn mit seinem drei Jahre alten Bart nicht erkennen würde, denn solange er mit der Horde herumgezogen war, hatte er sich nicht rasiert. Er stahl sich vorbei und stieg in sein Zimmer hinauf und bat den lieben Gott, die Tür möge nicht knarren, wie sie es im Sommer zu tun pflegte. Er trat auf Zehenspitzen hinein und erstarrte vor Schreck: dort, am Fußende seines Bettes, auf der Reisedecke aus Bordeaux, saß er selbst, Charles Anne Guenolé de Crozon, Kantor von Pontivy mit niederen Weihen und ordentlicher Bombardinist.

»Komm endlich rein«, pfiff ihn der andere an. »Ich bin es langsam leid, auf dich zu warten!«

»Und wer bist du?«

»Ich bin der Onkel von Mamers dem Hinkefuß und hab'

als dein Stellvertreter den Chor und die Begräbnisse gemacht.«
»Dann weiß man also nicht, daß ich nicht da war?«
»Niemand hat etwas geahnt, nicht einmal diese alte Hexe mit den Lockenwicklern. Du mußt wissen, daß du vereidigter Kleriker bist, daß du jetzt kein Kräuteromelett mehr magst, Weißwein anstelle von Rotwein trinkst, in Begleitung des Schusters mit den Schnallen in das Haus der Madame aus Rouen gehst, um heißen Zuckerrohrschnaps mit Honig zu trinken, und eine Kokarde in den Farben der Trikolore am Zylinder trägst.«
»Du hast mich zugrunde gerichtet!« empörte sich der Kantor.
»Zechtouren schaden dem Ansehen nicht«, antwortete der andere und war schon zum Fenster hinaus, das offen stand und den Regen hereinließ, den der warme Wind an jenem Morgen zum Narren hielt.
»Herr Kantor!« rief Madame Clémentine, »hier ist der Mann, der den Apfelbaumgarten beschnitten hat, und er verlangt zwei Franken pro Tag!«
Der Kantor lächelte. Der Apfelbaumgarten! Die Apfelbaumpflanzung auf der Anhöhe von Quelven! Im nächsten Mai würde er sich dort in den Schatten legen, und zu Sankt Peter gäbe es schon Äpfel. Und anstelle von Kräuteromelett würde er marinierte Forellen mitnehmen. Während er sich den Bart einseifte, der, struppig wie er war, des Einweichens sehr bedurfte, beugte er sich über das Treppengeländer und rief Madame Clémentine zu, sie solle kein Bedenken tragen und dem Bürger Beschneider die Beschneidung bezahlen. Und während er sich rasierte, pfiff er die Carmagnole.

Mondoñedo, Johannis, 1956.

Anhänge

Erster Anhang

DRAMATIS PERSONAE

ALLEN, Der Rentier aus: Er stand kurz vor der Heirat mit dem Fräulein von Toul-Goulic. Die Rentiers aus Allen liehen das ganze Geld, das im 18. Jahrhundert in der Bretagne als Kredit umlief, weshalb sie darauf verfielen, sich mit Fräuleins aus dem Adel zu verheiraten, die durch die Hochzeit hundert Prozent ablösten. Ihr Haar war schwarz, und die meisten von ihnen hatten sechs Finger an jeder Hand. Der überzählige Finger war rot, und in einem Rechtshandel zu Rennes wurde festgestellt, daß die aus Allen mit Hilfe des von diesem Finger ausgehenden Lichts im Dunkel der Nacht die Schuldscheine lasen.

AHASVER: Der Ewige Jude, der darauf bestand, sein Vetter Elias der Hebräer sei bereits in Nancy gehenkt worden, weil er ihm seine Schulden und die entsprechenden Zinsen nicht zahlen wollte. Alle sieben Jahre kommt er in Rouen vorbei und spuckt von der Mathildenbrücke in den Fluß.

ANNE-HÉLOÏSE: Die mittlere Schwester von Madame de Saint-Vaast, die von ihrem Onkel Monsieur de Dombaze, dem Buchhalter der Walfangeinnahmen, schwanger wurde. Mutter des Bastards von Audierne. Sie hatte einen Fleck an einem Ohr.

AUDIERNE, Der Bastard von: Sohn von Anne-Héloïse de Semplacat und des Buchhalters der Walfangeinnahmen. Er war ihnen sehr anmutig und leicht stotternd geraten. Im Alter von fünf Jahren wurde er für die Königliche Marine vorgemerkt.

Aulne, Der Bursche der Furt von: Er passierte eines Morgens sehr fröhlich die Furt dieses Flusses. Er besaß ein offenes Gesicht, von seinen hellen Augen ganz zu schweigen. Mit ihm probierte der Henker von Lothringen eine Schlinge aus in der Nacht, in der die Chouans den Republikanern die Kanonen raubten.

Beris: Der Rabe des Kapitäns von Combourg; als beide tot waren, trug er das Skelett des Vogels auf der Schulter.

Blanche: Die Mutter von Monsieur de Nancy, dem Henker von Lothringen. Sie gebar ihn in dem verrufenen Haus, das ein Frisör aus Marseille in Dijon, hinter der Fleischabwaage, besaß. Sie tat sich als Stimmungsmacherin mit einem Deutschen zusammen, der in den Städten in Frankreich eine Diebslaterne vorführte.

Caraffa, Don Juvenilio: Römischer *nepote*, der alle zwei Jahre als Pilger nach Rocamadour zog. In Rom vergiftete ihn der Medikus Sabat, um ihm das Buch mit den Giftrezepten von Cesare Valentino zu rauben. Später stellte sich heraus, daß er ein arbeitsloser Teufel war.

Catherine de Erquy: Sehr verliebte Dame und künftige Ehefrau von Oberst Coulaincourt de Bayeux. Sie wurde schwanger von ihm, als er schon tot war. Der Sohn, genannt der Bastard von Château-Caradeuc, ging zu den Kadetten des Königs. Mademoiselle Catherine war wie eine goldene Weizenähre aus der Touraine, die sich sanft im Sommerwind wiegt.

Catherine: Taubes Maultier, mit dem der Prälat, der den Fall von Elias dem Hebräer untersuchte, von Paris nach Nancy geritten kam. Es hatte einen sehr freien Schritt.

Clamot, Der Kutscher: Er hatte dem Teufel Salomon Capitan einen Handkoffer gestohlen. Er lebte im Verborgenen und starb, ohne imstande gewesen zu sein, den Koffer zu öffnen, der als Schloß ein Schweizer Geschicklichkeitsspiel hatte, das darin bestand, sieben verschiedenfarbige Kügelchen mit einem Schlag über eine Brücke zu bringen, welche die der Stadt Genf darstellte.

Clarina, Donna: Kommt in einem Roman vor. Darin starb sie am Morbus Cholera in Italien, wohin sie mit einem englischen Liebhaber gegangen war, der die Zukunft in einem Gefäß aus Basiliskenhorn las. Sie wurde sehr gerühmt ihrer grünen Augen wegen.

Colet, genannt Bottich: Schankwirt aus Dijon, der sich kraft des Zeugnisses von Blanche als Vater von Monsieur de Nancy betrachtete. Seine Frau verließ ihn für einen Dragonerhauptmann aus Metz, mit der Begründung, er komme seiner ehelichen Pflicht nicht nach. Der Schankwirt brüstete sich mit dem Verdienst, Monsieur de Nancy an einem Herbstnachmittag und mit wenig Aufhebens verfertigt zu haben.

Combourg, Rittmeister René Pierre Paulinus de: Achter Zweig der Herren von Châteaubriand aus Combourg; er wurde von de Crozon dem Schielauge beim Angriff auf Château-Josselin umgebracht. Er mußte durch die Weiden von Kernascleden ziehen, mit dem ebenfalls verstorbenen

Raben Beris auf der Schulter, bis der Rabe einen Ring finden würde, den der Rittmeister von Combourg in einer Herberge gestohlen hatte, und die Beute zurückerstattet wäre. Er war ein sehr reizbarer, unwirscher Mann und machte für nichts und wieder nichts obszöne Gebärden. Er hatte einen Platz als Lanzenträger im Königlichen Regiment von Navarra.

Comfront, Verfassungsmäßiger Bürgermeister von: Ein Buckliger mit Stirnlocke à la Saint-Just, der zwecks Erziehung des Volkes die Komödiantentruppe aus Italien nach Comfort einlud, um auf dem alten Vorplatz die Vorstellung des berühmten Liebespaares Romeo und Julia aufzuführen.

Coulaincourt de Bayeux, Der Herr Oberst Pierre Henri Pol-de-Léon: Oberst und Herr über das Hauptbataillon der Normandie. Er war mit sechsunddreißig Adelshäusern in der Bretagne verwandt, von denen nur eines untergegangen war, eines Onkels und Priesters wegen, der das ganze Vermögen für den Kauf eines Hundes aus Venedig ausgegeben hatte, der Dolmetsch des Großen Türken gewesen war und verschiedenartig sprach. Er wurde auf Befehl des Herrn Marschalls der Touraine im Exerzierhof von Sedan füsiliert. Er war ein ernster, militärischer Edelmann, sehr gebieterisch in seinen Angelegenheiten, aber von freundlicher Gemütsart.

Crozon de: Adelsgeschlecht der Bretagne, welches den dritten Rang der Herzöge von Broglie einnimmt, was die Bezahlung der halben Annate betrifft. Als Wappen führen, malen und tragen sie ein grünes Jagdhorn auf silbernem

Grund. Die Majoratslinie endete mit dem Piraten de Crozon aus Kerity und die jüngere mit dem Bombardin-Kantor mit niederen Weihen, von dem auf diesen Blättern so viel die Rede ist. Es waren faule Leute, fast alles Jäger. Man gestand ihnen das Verdienst zu, die Mispel in die Bretagne gebracht zu haben.

CROZON, CHARLES ANNE GUENOLÉ MATHIEU DE: Pfründner mit niederen Weihen aus Pontivy, dessen Erinnerungen diese Erzählung entstammt. Die letzten Jahre seines Lebens, nach dem Tod von Madame Clémentine Marot, verbrachte er in Pontivy damit, in den Wirtschaften von der Zeit seiner Reisen mit den Verstorbenen zu erzählen. Er begab sich nach Audierne, um das Grab von Madame de Saint-Vaast zu besuchen und eine Vase mit Blumen daraufzustellen. Als er den Tod nahen fühlte, ließ er sich einen Apfel aus seinem Apfelbaumgarten bringen und roch daran. Dann bat er um das Bombardin, um sich von diesem treuen Freund, einem italienischen Dreiviertel mit fast menschlichem Mundstück, zu verabschieden, und er küßte es darauf, und mit diesem Kuß tat er seinen letzten Atemzug, und das Bombardin, als sei es von christlichem Naturell, gab klagend ein langes E von sich.

DIEULEBON: Findelkind, das der Notar von Dorne als Pagen mit sich nahm, als er den Schatz untersuchen ging. Er ließ sich von der republikanischen Kavallerie anwerben.

DOMBAZE de: Buchhalter der Walfangeinnahmen in Brest, Onkel der Fräulein von Semplacat. Er schwängerte die Mittlere, floh mit der Jüngsten und machte die Familie brotlos. Diese ganze Arbeit schaffte er in einem Jahr.

Du Crann, Fregattenkapitän: Einer der erwähnten sechsunddreißig Verwandten von Oberst Coulaincourt de Bayeux. Er führte das Kommando bei der Chouannerie. Er ging zur Fürstenarmee und starb durch eine Kanonenkugel in der Schlacht von Valmy. Er war ein beherzter junger Mann, der sich ebenso in Herbergen wie in Schlössern und im Theater verliebte. An Bord kommandierte er nicht weniger als der Wind. Ein Verlust.

Efflam, Heiliger: Ein Mönch früherer Zeiten, später Bischof. Er machte Vögel aus Hälmchen, die er hier und dort zusammentrug, und ließ sie dann auf den Feldern frei. Er las in geschlossenen Büchern, als lägen sie offen vor ihm, und setzte sich in der Heilung von Unterleibsleiden durch. Einmal reiste er nach Rom, und da ihm ein Brandgeruch in die Nase stieg, wußte er, daß seine Kirche in Terre brannte, und er eilte flugs zurück und befahl, es möge regnen. Und er stand auf einer kleinen goldenen Wolke und sah zu, wie der Regen das Feuer löschte. Er behauptete, er würde am Tag der Kirchweih von La Palud sterben, und die Bretonen änderten das Datum des Feiertags, damit er nicht stürbe, und machten ihn beweglich. Auf diese Weise lebte er hundertunddreiundfünfzig Jahre.

Elias der Hebräer: Sichelschärfer in Jericho, Vetter von Ahashver, dem er Geld geliehen hatte. Er rettete sich davor, in Nancy gehenkt zu werden. Er wollte in Rom ein Spiegelgeschäft eröffnen. Sieben Jahre reist er umher, und weitere sieben ruht er sich aus.

Erquy, Die Herren Admiräle Grafen von: Sehr geschäftige und mutige Leute. Die Erquy wetteiferten mit den Tréboul und mit den de l'Isle-Adam darum, London zu verbrennen. Der alte Admiral de Erquy hatte sich eine Kutsche nach dem Vorbild des Schiffes »Royal Furieux« bauen lassen und fuhr darin, Salutschüsse abfeuernd, zu den Ständeversammlungen, und in der Adelskammer sprach er mit einem Weitsichtigkeitslorgnon in der Hand. Die jungen Admiräle machten ihrer Kaste alle Ehre: der Majoratserbe wollte nicht dicker werden, um weiter in einem Zwölf-Zoll-Geschützlauf schlafen zu können. Sie tranken Wein mit Pulver vermischt.

Franklin der Amerikaner, Don: Erfinder des Blitzableiters und der »großen Harmonika«. Er war ein besserwisserisches Ekel und tat groß damit, daß er Neuheiten an die Schulen schickte. Er erfand auch die philanthropische Regierung und setzte sie den Neu-Engländern zur Eindämmung vor die Nase. Er konnte neun Stunden reden, ohne sich die Kehle zu befeuchten, alles dank der Enzyklopädie. Er behauptete, das sechste Gebot existiere nicht.

Gaillon, Hauptmann de: Fixpunkt, den sich die traurige Witwe von Semplacat in einer Herberge zulegte und der ihr die Kosten in Bagnoles de l'Orne zahlte. Er gehörte zur Königlichen Berittenen Artillerie, zweites Corps, und richtete sich beim Zielen der Kanonen nach einer mathematischen Tafel.

Galvan, der Heiler aus: Kammer-Hippokrates des Freiherrn von Saint-Vaast. Er war sehr mit Giften vertraut und hatte das »thanatos umbrae« in Pillenform gebracht, was ein großer Fortschritt war. Was die Lanzette betraf, so gehörte er der Pariser Schule an, die eine Unterbrechung gebietet, wenn es sich um die letzten Züge handelt.

Gräfin mit den Schuldscheinen, Die: Ein Verhältnis, das der Henker von Lothringen in Nancy hatte. Sie hieß Lisette Le Diamant-Vert, und den Gräfinnen-Titel hatte sie, durch ihre Mutter, von einem Unbekannten, der sich Don Ignotus von Flandern nennen ließ und mit großer Leichtigkeit in Lothringen schwängerte, weil er versprach, die Früchte auf neunzig Tage Sicht mit Titeln auszustatten und zu Erben in Pondichéry einzusetzen.

Guy Parbleu: Er war oder ist immer noch Diener des Teufels Salomon Capitan. Tagsüber ist er eine Klappergestalt, die man nicht sieht, und des Nachts ein umherirrendes Licht. Sein Traum bestand immer darin, Dudelsackspieler zu werden.

Henker von Rennes, Der: Er benutzte Stricke aus tarragonischem Espartogras und brachte die Verurteilten ohne jede Feierlichkeit zu Tode.

Hinkefusses Mamers, Der Onkel des: Sakristan der Franziskaner in Quimper, halber Lateiner und angesehener Exorzist. Einmal trug er von einem Steinwurf eine offene Kopfwunde davon, die weder schmerzte noch blutete. Als er starb, kaufte ein Engländer seinen Kopf und nahm ihn mit nach Edinburgh, in viel Branntwein eingelegt, und es stellte sich heraus, daß er zwei Schädel hatte und zwischen beiden ein wenig Asche. Dies wurde ausführlich kommentiert.

Ismael Florito: Teufel, der als Schneider nach Cambray kam, um sich von einem Wirbelsäulenzipperlein zu befreien, das er sich in den unterirdischen Gefilden geholt hatte. In Polen galt er als Übertrager der Beulenpest. Er kaufte die Seele des Oberst Coulaincourt de Bayeux im Exerzierhof von Sedan und saß sieben Jahre und einen Tag als Falschmünzer im Gefängnis von Liverpool. Er will als Modist nach Paris gehen, denn schon immer plauderte er gar zu gern mit den Frauenzimmern.

Ives: Der Blinde von Guimiliau, bei dem Saint-Pol-de-Léon ein so überraschendes Wunder wirkte und der in der Stadt Dinan guillotiniert werden sollte, weil er royalistische Liedchen gesungen hatte.

Kerity, Der Arzt aus: Er war sehr berühmt in geheimen Fiebern, und man rief ihn sogar aus Paris. Er war nicht minder berühmt als wissentlicher Hahnrei.

Kerjean, Der Vizegraf von: Ebenfalls ein Verwandter der Châteaubriand aus Combourg und der Coulaincourt aus Bayeux. Er kam immer dann nach Rouen, wenn die Justiz einen von Pferden reißen ließ, und stieß einen sehr jähen Pfiff für sie aus. Die Familie des Verurteilten sah eine Gefälligkeit darin und zeigte sich stets erkenntlich. Er ritt stehend auf seinem Fuchs, und als er einmal auf diese Weise im Galopp in Caen Einzug hielt, um anzugeben, prallte er mit der Stirn gegen den Balken am Tor der Mönche und fiel der Länge nach hin.

Labaule, Monsieur: Westenweber an der Brücke von Audierne. Auf dem Rückweg von der Feier zu Ehren des heiligen Emeterius befiel ihn eine Lähmung, da er heißen Apfelwein getrunken hatte.

Labaule, Pierre: Neffe des Webers, Bräutigam von Madame de Saint-Vaast und Ehemann von Anne-Héloïse. Die traurigste Flöte der ganzen Bretagne.

La Garde: Kriegspferd von Oberst Coulaincourt de Bayeux. Es beherrschte den Sprungschritt. Gehörte zur Horde und verwandelte sich des Nachts, wie jeder Verstorbene, in ein Skelett. Es war dunkelbraun mit einer Blesse und beidhändig beschlagen.

Le Bec-Hellouin, Quay Pierre: Junker von Quelven. Er lauschte zu gern dem Bombardin. Er hinterließ dem Kantor von Pontivy als Vermächtnis in seinem Testament einen Apfelbaumgarten. Weil er sich anschickte, bei seinem Begräbnis zu spielen, sah sich der Bombardinist in die Horde aufgenommen.

Levejean, Der Onkel: Holzschuhmacher aus Redon, der Guy Parbleu bei sich aufnahm.

Levejean, Die Tante: Eine jähzornige Säuferin, die in jungen Jahren als Klageweib in Carhaix tätig war. Sie durchsuchte Guy Parbleu, um ihm das Almosen abzunehmen, das man ihm aus der Kutsche gab. Als sie sah, daß er Flaum ansetzte, ließ sie ihm eine andere Behandlung zuteil werden.

Les Pieux, Die Töchter des Schankwirts von: Sie waren vier und brachten in der Bretagne die Kaffeecremespeise in Mode. Sommers wie winters gingen sie mit aufgekrempelten Ärmeln umher. Sie waren sehr umworben, denn sie standen prächtig im Fleische. Sie heirateten im Lande.

LISON: Der schwere Mietgaul, der den Herrn Kantor zu den Begräbnissen brachte. Der Kantor schätzte ihn, denn er hatte sich in den Kopf gesetzt, daß der Wallach gern das Bombardin hörte.

LOUIS JOSEPH: Zweiter Artillerist, der sich später als Mädchen entpuppte. Sie landete als Köchin in Josselin und hatte unseren Kantor als Mündel. Weil es diesen nicht nach einem Platz als Berittener im Regiment von Navarra drängte und die Seinen ihm eine Stelle als Kirchenmusiker verschafften, wurde sie wütend und meldete sich zu den Schweizergardisten des Papstes.

MAINTENON, Die Herren Grafen von: Verwandte von Villiers de Flers dem Schwarzen, die um den geheimen Schatz prozessierten. Der Notar von Dorne tötete sie mit einer Hacke. Von gepflegtem Äußeren und dem Kartenspiel zugetan.

MAMERS DER HINKEFUSS: Kutscher der Horde. Er war in Nantes gehenkt worden, weil er den Hirtinnen im Heideland von Aule als Wolf verkleidet erschien. Als er schon verstorben war, lernte er lesen, und Ismael Florito versichert, es sei kein ähnlicher Fall bekannt.

MAROT, Madame Clémentine: In ihrem Haus in Pontivy lebte unser Kantor. Sie war die Witwe eines Trommlers der Generalstände. Sie behauptete, sie hätte ein zweites Mal heiraten können und daß weißes Fleisch nie aus der Mode käme. Sie tat sich im Zubereiten von Kräuteromeletten hervor.

METZ, Der Apotheker von: Ihm begegnete der Medikus Sabat, als er schon verstorben war und auf einem Feld in der Nähe von Grenoble die »Cotula aurea linneana«, männliche Sorte, suchte. Er versicherte, die Ärzte aus Montpellier müßten sich in der Hölle in Lyoner Lanzette und Abführlimonade prüfen lassen.

MEZIDON, Der alte: Agiler Buckliger. Er besaß einen Altkleiderladen in Dinan, am Marktplatz.

MÄDCHEN VOM VORHOF IN COMFRONT, Das: Es stammte von Bettlern ab. Es betrübte sie, daß es weder Romeo noch Gedenken, noch Lilien gab.

MERMUID, Die Damen Nonnen von: Sie mußten acht Familiennamen nachweisen, um zugelassen zu werden, und trugen eine Mitra. Als man ihnen den Blinden Ives aus Guimiliau brachte, der zu jener Zeit noch schielte, bekamen sie Warzen am Bauchnabel, was große Besorgnis auslöste.

NANCY, Monsieur de: Sohn der Blanche und, weil es so auf dem Taufschein steht, von Colet, genannt Bottich. Titularhenker von Lothringen, von ihm ist ausgiebig in den Texten die Rede.

NETTUNO: Römischer Dieb, ehemaliger Diener der Rabbiner der Synagoge an der Fabrizius-Brücke. Er lernte das Gewerbe eines Schneiders und besaß besonderes Talent für den Zuschnitt von wattierten Hausröcken.

Oberste Stiftsherr, Der: Prior der Heiligen Stiftskapelle in Pontivy. Ein sehr förmlicher Alter, der viel hustete. Er war ein Neuerer in der Kunst, türkische Puter zu kapaunen, und unterhielt über diese Wissenschaft einen regen Briefwechsel mit Monsieur Diderot. Auf ihn geht der erste bekannte Rebhuhnkapaun zurück, und er ordnete an, diesen Triumph in Latein auf seinen Grabstein zu meißeln.

Pleven, Jean: Der Notar von Dorne. Er bezog sich immer auf das römische Gesetz. Zuschauer seiner Hinrichtung sagten, er sei etwas niedergeschlagen gewesen.

Pol, Heiliger: Sehr beliebter Schutzpatron in Léon in der Bretagne. Er war über das Meer gekommen, und seine Mildtätigkeit bestand vor allem darin, daß er gutes Augenlicht verlieh. Einmal waren die Berber-Piraten auf dem Weg nach Quimper, und man ließ ihn rufen, und er stellte ein falsches Quimper ans Ufer, wo es keines gab; die Piraten gingen dort von Bord und ertranken. Er hatte zwischen den nackten Füßen einen kleinen Spiegel, und in ihm betrachteten sich die Verheirateten, um zu sehen, ob sie gehörnt waren, denn dieses Spiegelchen war sehr verräterisch. Der Bischof von Vannes ließ es entfernen. Als er starb, trugen ihn sieben Blinde zu Grab, und sie sahen wie am hellichten Tag.

Plouaret, Der Bettler aus: Er erscheint mit dem Kopf in der Hand am Wegrand, und man muß ihm das Almosen in den Mund legen.

RANCY, Der Herr Pfarrer von: Er hatte sich bei der Grande Chartreuse eine Kuh geholt, und als diese von einem Stier gedeckt werden sollte, starb der im Stehen, denn der Schieler Ives hatte ihn angeschaut, und da die Kuh ihrer Erwartung zum Trotz nicht gedeckt wurde, bekam sie eine unregelmäßige Brunft und überhaupt nie ein Junges. Dies brachte den Pfarrer, der ein großer Rülpser war, wenn er sich aufregte, mehr als in Rage.

ROBIC, Der Arzt: Verwandter des Medikus Sabat, der ihn nach Montpellier schickte, um Medizin, und nach Rom, um die Wissenschaft des Laudanum zu studieren.

ROSSINI, Don: Musiker aus Italien, der unter anderem ein sehr gefühlvolles kleines Rondo komponierte.

ROUEN, Die Madame aus: Besitzerin des Hurenhauses in Pontivy. Sie hatte in Calais Englisch gelernt. Sie heiratete einen aus Wemoel, dem das Haus mit der Familie darin abgebrannt war.

RUFO DE SEGOVIA: Beglaubigter Tierarzt, der in die Hölle hinabstieg, um in den Schaltjahren zur Ader zu lassen. Er benutzte die toledanische Lanzette.

SABAT, John: Medikus der Fakultät in Monpellier, der sich nach Rom begab, um die Wissenschaft des Laudanum zu lernen, und dort die Brunnen vergiften wollte. Von ihm ist sehr ausführlich in den Erinnerungen des Kantors die Rede.

San Giuseppe: Kalabresischer Bandit, Oberchef der römischen Diebe, der in San Lorenzo fuori le mura als Wächter angestellt war und sich darauf versteifte, daß er Papst werden könnte.

Salomon Capitan: Teufel im Rang eines Abteilungsleiters. Der Kutscher Clamot hatte ihm einen Handkoffer gestohlen. Durch Ismael Florito wurde bekannt, daß er es sehr eilig hatte, den Handkoffer wiederzufinden, denn in ihm befanden sich die Beweise dafür, daß er kastriert worden war. Was einen Verlust darstellte. Als Pagen hatte er Guy Parbleu. Er fuhr endgültig hinab, denn nichts gelang ihm, weil er ungestüm und streitsüchtig war.

Saint-Vaast, Der Freiherr von: Er war Freund von Voltaire und schrieb über Erdbeben. Als alter Mann heiratete er Clarine de Semplacat. Als er die Erde in Guimiliau zum Beben brachte, denn er war ein Empiriker, begrub ihn eine Mauer unter sich, und er verschied. Die Gazetten berichteten über ihn.

Saint-Vaast, Madame Clarine de: Der Autor bittet, man möge sich der grünen Ungewißheit ihrer Augen erinnern. Noch Jahre nach seiner Reise wandte der Kantor sich bisweilen plötzlich um, weil er glaubte, sie stehe hinter ihm und lächle ihm aus dem Halbdunkel zu.

Sauvage, Gaston Phoebus de: Oberst der Berittenen Garden der Bretagne. Er galt als Erbe des Schatzes von Villiers de Flers dem Schwarzen. Beim Reden stolperte er über das »r«.

Schneider, Der polnische: Geschickter Zuschneider von taillierten Röcken und sehr berühmt in Schleifenverzierungen, der die ganze Satanei einkleidete. Die Taillierung der Teufel ist höhere Kunst, denn wenn sie bekleidet sind, tragen sie den Schwanz als Gürtel.

Semplacat, Der Jäger von: Vater der Fräulein von Semplacat. Er meldete sich zur Kriegsflotte der Fürsten und starb an einem großen Besäufnis bei der Belagerung der Stadt Mainz.

Toulet, Der Substitut: Er kam nach Dinan, um Monsieur de Bretagne die Handhabung der Guillotine zu zeigen. Er litt sehr unter Erstickungsanfällen durch die Feuchtigkeit.

Touraine, Der Herr Marschall von Frankreich, Vizegraf der: Dieser Herr Fürst von Sedan wird beiläufig angeführt. Er hatte einen hugenottischen Koch, der zur wahren Kirche überlief, damit ihm nicht länger die Saucen mißrieten, denn im Protest gelang ihm nicht eine.

Treboul, Die Herren Admiräle, Vizegrafen und Fahnenträger von: Höhere Verwandte der de Crozon von Château-Josselin. Sie präsentierten Charles Anne für die Pfründe, deren Patrone sie im Chor der Stiftskirche in Pontivy waren. Diese Herrschaften waren so seemännisch, daß ihre Augen, wenn sie sie von der Kommandobrücke ihrer Schiffe aus langsam und wie nebenbei über das Meer schweifen ließen, im Takt der Wellen schlingerten, während sie ihren Kopf ganz ruhig hielten. Sie gerieten rasch in Zorn, mit Anfällen von Hochmut, und wurden ständig von der fixen Idee umgetrieben, London zu verbrennen und im Angesicht des Königs von England zu pinkeln, um ihren katholischen Glauben zu beweisen, denn es ist bekannt, daß ein Beweis für den Glauben der protestantischen Anglikaner darin besteht, daß sie nicht pinkeln können, wenn ihr König ihnen zusieht, daß ihnen der Urin wegbleibt und der Apparat infolgedessen in Habachtstellung verharrt. Die Tréboul hätten aus Verachtung gepinkelt.

Villiers de Flers der Schwarze, Der Marquis: Er vergrub einen Schatz und hinterließ einen Code. Er hatte einen Diener, der mit dem Kopf nach unten und mit den Füßen nach oben ging. Er nahm ihn mit nach Paris, damit der König ihn sähe, und als Füße fungierten seine Ohren, die schon ganz schwielig waren.

Vitré, Die Fräulein von: Sie waren natürliche Töchter des tauben Grafen von Laval, der sie mit der Zuckerbäckerin zeugte, die in seinen Gemüsegarten kam, um Feigen zu kaufen, die sie in Sirup einlegte. In die jüngste war der Junker von Quelven verliebt, Friede seiner Asche. Sie bekam eine vortreffliche Bombardin-Serenade in Bagnoles de l'Orne zu hören.

Zweiter Anhang

NOTIZ ÜBER ISMAEL FLORITO

In einem der kleinen Hefte, die der Herr Kantor de Crozon hinterlassen hat, fand sich diese Notiz über Ismael Florito, und mit Rücksicht auf die Neuheit des Kasus wird sie hier von den Herausgebern kundgetan.

Ismael Florito stahl sich heimlich aus der Hölle davon, über eine alte Truhe, in der der Wucherer von Lanrivan die Schuldverschreibungen seines auf Zinsen verliehenen Geldes aufbewahrte. Er stammte aus der Picardie und freute sich sehr, wenn man ihn am Akzent erkannte, und von klein auf – bekanntlich wächst man dort unten alles, was man hergibt, mehr oder minder in einem Jahr – sah man schon, daß er groß und ungestalt werden würde. Da die unteren Gewölbe eher mickrig sind, wie es im »Marcelinus« bezeugt ist, denn kein Bogen ist am Schlußstein höher als eineinhalb kastilische Ellen, mußte Ismael Florito tiefgebeugt, wie ein zusammengeklapptes Messer durch die Straßen und über die Plätze der Unterwelt laufen, was eine große Unannehmlichkeit darstellte, ihm das Blut in den Kopf trieb, Schmerzen in den Nieren bereitete und jedes Vergnügen an den Reisen durch jene geheime Anlage raubte. Dies betrübte ihn, denn er war sehr freundschaftlich und diskutierfreudig, ihn verlangte nach den Gazetten der Welt, immer trat er dort in Erscheinung, wo ein Weiberrock auftauchte, und er pflegte seine Kleidung, wobei seine Vorliebe den kurzen Mänteln nach alter italienischer Mode galt, die blau waren und goldgepaspelt. Er war redselig und geckenhaft. Durch das gekrümmte Gehen aufgrund der bereits erwähnten geringen

Höhe der höllischen Gewölbe und Decken wurde er empfindlich an der Wirbelsäule, wozu auch ein Winter in den unteren Gefilden beitrug, in dem ein Unwetter auf das andere folgte und es drinnen ebenso wie draußen regnete. Man sagt, dabei sei ein Teil eines Flusses in Spanien verloren gegangen, der Guadiana heißt und genau über den Kammern der Trollerei auslief. Von den Beugeübungen und den Unwettern gebeutelt, war Ismael Floritos Arbeitseifer schwach ausgebildet, so daß er wenig zum Boten des Bösen taugte. Zu jener Zeit starb in der Höhle von Satan Belzebub ein polnischer Schneider, ein geschickter Zuschneider von taillierten Röcken und in Schleifenverzierungen sehr berühmt, was große Verwirrung in der alten Rotte stiftete, denn es liegt auf der Hand, daß die Teufel sich die Kleider nicht in den oberen Werkstätten anfertigen lassen möchten, die meisten sagen, damit man beim Maßnehmen nicht ihren Schwanz entdeckt, den sie bekannterweise vom oberen Ansatz des Hinterns aus, wo er herauswächst, als Gürtel um die Taille gerollt tragen. Da die Trolle einen hohen Verbrauch an feinen Kleidungsstücken haben, weil die meisten nachts unterwegs sind und überall hängenbleiben oder sich anlehnen, wo es schmutzig ist, oder sich verstecken, wo Staub und Spinnweben sind, sah man in der Hölle schon bald flüchtig Ausgebessertes, zweifarbige Hosenböden, gestopfte Stellen, aufgenähte Flicken und sogar zerrissene Kniehosen. Es galt also, dieser Demontage des dämonischen Adels entgegenzuwirken, und ein Steuerbeamter aus Parma – der sich hauptsächlich in der Hölle befand, um beim Addieren und Subtrahieren und bei Kaufverträgen in Italien zu helfen, und in dessen Amt man Ismael Florito versetzt hatte, damit er auf dem Rechenbrett die gelben Kugeln der Hunderter betreute, und der Zuneigung zu seinem Gehilfen gefaßt hatte – kam auf die Idee, letzteren, um ihm zu einem Sprung in seiner Karriere zu verhelfen, aber auch, um zu sehen, ob er bei einem Wechsel in sonnige Gefilde sein Wirbelsäulenleiden und die Verbiegungen infolge der krummen Haltung kurieren könnte, als Schneiderlehrling in Cambray zu präsentieren, wogegen Belzebub nichts einzuwenden hatte. Auf diese Weise kam Ismael Florito auf die Erde, und damals hieß er nur Ismael, aber man suchte für ihn den Nachnamen Florito, denn, sagte der Steuerbeamte, so würde er von seiner Lehrzeit in Cambray zurückkehren: als flotter Florenzer.

Ismael Florito lernte rasch, und es kamen zu ihm Bewohner der Unterwelt, daß es ein wahrer Jahrmarkt war, um sich modische Kleider machen zu lassen, und Ismael Florito konnte nicht in die Hölle zurückkehren, wo die Werkstatt des Polen auf ihn wartete, weil er mit dem flämischen Frühling wie neu geworden war und nicht mehr in die Truhe des Wucherers in Lanrival paßte, und es ist bekannt, daß die Teufel durch das gleiche Schlupfloch in ihr Reich zurückkehren müssen, aus dem sie einst herausgekommen sind. Den Grund dafür schlage man bei Cornelius Agrippa von Nettesheim nach. Ismael Florito ärgerte sich sehr, daß er mit der Nähnadel in Cambray zugange war und seine Zeit damit vertat, die Kleider seiner Kollegen zuzuschneiden, anzuprobieren, zu nähen und aufzutrennen. War es nicht eine schöne Sache, sich in der Welt umzusehen? Lange ging er mit sich zu Rate, bis er sich eines Tages aufmachte, um zu sehen, was auf den irdischen Gefilden geschah, die sich zu jener Zeit in einem heiteren Sommer befanden, nicht ohne einen halb lahmen Lehrling als Zuschneider zurückzulassen, den man ihm geschickt hatte, um mit dem Bügeln voranzukommen. Er begab sich zunächst nach Polen, um die Familie des

Schneiders, seines Vorgängers in der Unterwelt, zu begrüßen und ihr eine goldene Nadelbüchse zurückzugeben, auf der die Zeichen des Gewerbes eingraviert waren. Aber bei seiner Ankunft brach die Pest im Herzogtum Warschau aus, und man suchte, wem man die Schuld dafür geben könnte, und die Ärzte verfielen darauf, daß es ein Ausländer mit ungleich langen Armen sein mußte, und dies war ein Kennzeichen von Ismael Florito, der also vor den Polen fliehen mußte, die an den Wegrändern Feuer entzündeten und sich betranken, und auch vor den Beulen, die schwer mit Materie geladen waren, und so fand er keine Zeit, den Enkeln des polnischen Schneiders zu berichten, daß dieser in der Hölle die Pariser Moden genäht hatte. Und als er durch Sedan kam, auf dem Weg nach England, wo man ihm eine Vermählung mit einer Mylady in Aussicht stellte, die Seele und Körper dem Teufel verkaufte, wenn man sie dafür in Stand setzte, bei Pferderennen das Richtige zu treffen, fügte es sich, daß er im Militärgefängnis mit Oberst Coulaincourt zu tun bekam, wie an anderer Stelle dieser »Chroniken« bereits berichtet wurde. Unten, in der Satanei, war man leicht verärgert über Ismael Florito, denn soviel er auch genäht haben mochte, hatte er doch die meisten Teufel ihrem alten Zeug überlassen, und einen gab es unter den jüngeren Trollen, der sich bereits anschickte, Don Luzifer Nephtaniel I. schriftlich Bericht zu erstatten. Der Steuereinnehmer aus Parma, der annahm, daß Ismael Florito zur Schneiderei zurückkehren würde, hörte auf, ihm Geld zu schicken, wobei er sich auf die ungewissen Zeiten berief, und dies war der Grund, der Ismael Florito veranlaßte, in Liverpool falschzumünzen, wo er, wie man weiß, im Gefängnis sitzt. Wenn er herauskommt, wird er nach Cambray zurückkehren, zur Näherei, und vielleicht bewilligt man ihm das Skelett von Oberst

Coulaincourt, um Militärkleidung anzuprobieren, weil sein Körper so schön bauchig ist. Obwohl Florito am liebsten nach Paris in Frankreich ziehen würde, der Frauen wegen. »Il n'y a bon bec que de Paris.«

EPILOG FÜR BRETONEN

Die Bretonen, die dieses Buch lesen, sollen wissen, daß der Verfasser ihr Land nicht bereist hat und daß alles, was hier, in diesen »Chroniken«, von ihm berichtet wird, Landkarten, Reiseberichten, Lektüren von Châteaubriand und Le Goffic, einigen Stadtgeschichten und Adelsbriefen der großen Familien entnommen ist, jenen in Hundsleder eingebundenen Schriftstücken, die, wenn man sie Rücken an Rücken in der Kammer von Rennes sieht, wo sie, wie man sagt, nach großen und kleinen Namen geordnet sind, jedem Geschlecht das Aussehen einer Meute von fleckigen Jagdhunden verleihen. Das Land und die Städte, die Flüsse und die Furten, die Wege und die Ruinen habe ich nach der Natur meiner Heimat Galicien geschildert, denn beide, das bretonische und das galicische, sind atlantische Reiche, *finis terrae*, gleich an Flora und Fauna und Provinzen, die den Hauch der Ferne besitzen. Ich habe mir so manchen Rat bei Felipe Leven alias dem Franzosen von Rinlo geholt, der in diesem kleinen Hafen an der Küste von Lugo für die Seeleute tischlert und von bretonischer Herkunft ist, aus Saint-Malo genau gesagt, und er hält sich etwas darauf zugute, daß er zwei Sprachen von dort spricht, die von Saint-Malo und das bretonische Bretonisch, und er sagte mir, er finde sein Vaterland in meinen Erzählungen genauso, wie er es vor vierzig Jahren verlassen habe. Hingegen wandte er ein, daß es in Dinan zwei Plätze gebe, den Schloßplatz und den Marktplatz, und daß man die Guillotine zuerst auf dem Schloßplatz errichtet habe und daß erst in diesem Jahrhundert auf dem Marktplatz guillotiniert wurde, zum Beispiel ein gewisser Quesnay, der einen Onkel mit Dynamit in die Luft gesprengt hatte. Die Familie von Quesnay führte in Paris einen Prozeß mit der Zeitschrift »Les Grands Criminels du Siècle«, denn die Herausgeber wollten in der Wochenschrift den Guillotinierten porträtieren, und die Familie wandte ein, daß Quesnay ein Hinkefuß und vaterloser Halbwaise gewesen sei und daß der Onkel und Pfarrer ihm siebzig Franken verweigert habe, mit denen er sich einen Handkoffer kaufen wollte, den er brauchte, um zwei Wäschegarnituren und das Offizielle Arzneimittelbuch hineinzutun, denn er wollte sich nach Rennes begeben, um sich als Apothekergehilfe examinieren zu lassen. Die Familie gewann den Prozeß, und das wurde an einigen Orten in der Bretagne gefeiert.

Die Adelsgeschlechter sind, wie ein Wappenkönig bezeugen kann, den es noch in Rennes oder in Brest geben mag, sehr genau beschrieben, und man ist mit großem Ernst den Anschlüssen und Rängen nachgegangen, was keineswegs einfach ist, wenn man bedenkt, mit welchem Eifer im 17. und 18. Jahrhundert die Träger der fünfundzwanzig eingetragenen Familiennamen daran arbeiteten, das Land mit Bastarden zu bevölkern, und weil sich durch die Verbindung die Namen änderten, die zu den sogenannten Urkundsländereien gehörten. Die meisten bretonischen Prozesse waren anhängig, weil jede Partei sieben verschiedene Namen hatte und Kläger und Beklagter in einem oder in allen übereinstimmten. Einer, der Châteaubriand in Combourg hieß, hieß Lambac in Vannes, einiger dort befindlicher Ländereien wegen, die er in einem Erkenntnisverfahren einklagte, und der Beklagte, der D'Aurevilly in Cardoec hieß, hieß ebenfalls Lambac in Vannes, der strittigen Ländereien wegen. Ländereien, die möglicherweise bereits ein Reisender mit verheimlichten Familiennamen – das Geheimnis war heilig in der Bretagne – unter dem Namen »Fuchsfeld« oder

»Wiesen des Gelben Kaninchens« erworben hatte oder die bei einer öffentlichen Versteigerung einer Seele im Fegefeuer zugeschlagen worden waren, welche sie der Kirche überließ... Auch pflegten die bretonischen Adeligen einst um die Wappen zu prozessieren, die sie tragen, malen und führen durften, denn in der Heraldik waren sie ebenso kapriziös und unwillfährig wie die deutschen Fürsten und die galicischen Junker, und vielleicht liegt es daran, daß ich mich als junger Bursche im Wirrwarr der galicischen Wappen kundig gemacht habe, daß es mir jetzt nicht schwerfällt, die großen Wappenschilder der Pairs der Bretagne herzusagen, und ich vertrauten Umgang mit ihren Vierungen und Wahlsprüchen pflege.

Ich bedaure, daß ich die Geschichten dieser Verstorbenen nicht nach dem Usus der Bretonen erzählen kann, das heißt, indem ich jeden Lebensbericht mit »Beweisen« begleite, mit Gegenständen, die ihnen, ihren Vor- oder Nachfahren gehört haben, und das liegt daran, daß die Verstorbenen, die auf den Seiten dieser Geschichte ein- und ausgehen, Kinder meiner Phantasie sind. Ich weiß wohl, daß man in der Bretagne glaubt, man könne unmöglich von einem Menschen und einer Geschichte Zeugnis ablegen, die nicht wirklich existiert haben, nicht Schöpfung, sondern Erinnerung sei im Spiel. Daher vielleicht die Fülle von Gespenstern in der Bretagne und die Tatsache, daß die meisten so genau identifiziert sind. Das bretonische Sprichwort, das besagt »jeder Traum verlangt nach seinem Knochen«, erhellt auf das vollkommenste, welche Vermutungen man unter diesen Kelten in bezug auf die Gespenster und ihre Abenteuer hegt, und die Frage bleibt: Wer ist es, der da träumt? Der Nebel, der das ferne Land einhüllt, trägt das Seine zum Geheimnis bei.

Ich möchte, daß man diesen Seiten die Liebe anmerkt, die ich im Laufe vielfältiger und aus gebotenem Anlaß vorgenommener Lektüren zur Bretagne gefaßt habe: Châteaubriand, Renan, Villiers de l'Isle-Adam, Le Goffic und andere. Letztlich sage ich über die Bretagne, was der christliche Tertullian über Seneca sagte: »Saepe noster.« Für einen Galicier besitzen die bretonischen Geschichten über Gespenster, Hexen, Bettler, Heilige und Helden das Aroma seiner Heimat ... Ich schaue in einem Spiegel zu, wie Winde und Nebel vorbeiziehen; ebensogut kann ich sagen: »Jetzt zieht, grün und still, die französische Bretagne vorbei.« Denn es fällt mir leicht, die Bretagne als ein Land der Phantasie und nicht der Wirklichkeit zu betrachten, und daß das wunderbare Land von König Artus ebenfalls Britannien hieß, ist nicht unschuldig daran. In der Tiefe des Spiegels leuchtet ein blaues Lichtlein, und anstatt herauszufinden, ob jemand hinter mir eine Lampe angezündet hat, behaupte ich ohne Bedenken, daß es ein Irrlicht im zerfallenen Kreuzgang von St. Efflam-la-Terre ist, und ich wähle diesen Ort aus, weil er »la Terre«, die Erde heißt, was mir überaus bedeutsam erscheint. Wie fast alles in der Bretagne, in jener Bretagne, die ich in mir entdecke und in der sich vielleicht eines Tages die bretonischen Leser dieser »Chroniken« als Bewohner wiederfinden. Es wäre nicht das erste Mal, daß der Traum des Dichters die Insel erschafft.

INHALT

Bibliothek Suhrkamp

Verzeichnis der letzten Nummern

1152 Hermann Broch, Barbara
1154 Juan Benet, Der Turmbau zu Babel
1155 Bertolt Brecht, Die Dreigroschenoper
1156 Józef Wittlin, Mein Lemberg
1157 Bohumil Hrabal, Reise nach Sondervorschrift
1158 Tankred Dorst, Fernando Krapp hat mir diesen Brief geschrieben
1159 Mori Ōgai, Die Tänzerin
1160 Hans Jonas, Gedanken über Gott
1161 Bertolt Brecht, Gedichte über die Liebe
1162 Clarice Lispector, Aqua viva
1163 Samuel Beckett, Der Ausgestoßene
1164 Friedrike Mayröcker, Das Licht in der Landschaft
1165 Yasunari Kawabata, Die schlafenden Schönen
1166 Marcel Proust, Tage des Lesens
1167 Peter Weiss, Die Verfolgung und Ermordung Jean Paul Marats
1169 Alain Robbe-Grillet, Die blaue Villa in Hongkong
1170 Dolf Sternberger, ›Ich wünschte ein Bürger zu sein‹
1171 Herman Bang, Die vier Teufel
1172 Paul Valéry, Windstriche
1173 Peter Handke, Die Stunde da wir nichts voneinander wußten
1175 Juan Carlos Onetti, Abschiede
1176 Elisabeth Langgässer, Das Labyrinth
1177 E. M. Cioran, Syllogismen der Bitterkeit
1178 Kenzaburo Oe, Der Fang
1179 Peter Bichsel, Zur Stadt Paris
1180 Zbigniew Herbert, Der Tulpen bitterer Duft
1181 Martin Walser, Ohne einander
1182 Jean Paulhan, Der beflissene Soldat
1183 Rudyard Kipling, Die beste Geschichte der Welt
1184 Elizabeth von Arnim, Der Garten der Kindheit
1185 Marcel Proust, Eine Liebe Swanns
1186 Friedrich Cramer, Gratwanderungen
1187 Juan Goytisolo, Rückforderung des Conde don Julián
1188 Adolfo Bioy Casares, Abenteuer eines Fotografen
1189 Cees Nooteboom, Der Buddha hinter dem Bretterzaun
1190 Gesualdo Bufalino, Mit blinden Argusaugen
1191 Paul Valéry, Monsieur Teste
1192 Harry Mulisch, Das steinerne Brautbett
1193 John Cage, Silence
1194 Antonia S. Byatt, Zucker
1195 Claude Lévi-Strauss, Mythos und Bedeutung
1198 Tschingis Aitmatow, Der weiße Dampfer
1199 Gertrud Kolmar, Susanna
1201 E. M. Cioran, Gedankendämmerung
1202 Gesualdo Bufalino, Klare Verhältnisse

Bibliothek Suhrkamp

Alphabetisches Verzeichnis